Kadokawa Fantastic Novels

告白預演系列 9

呼喚妳名字的那一天

原案／HoneyWorks　作者／香坂茉里　插畫／ヤマコ

內頁插圖／ヤマコ

目錄 CONTENTS

✶+ introduction ～前奏曲～ +✶

「早坂燈里……」

放學後，獨自留在教室裡的望月蒼太，試著輕聲道出這個名字。

僅是如此，就感受到一股熱潮在胸口擴散開，他不禁揚起嘴角「呵」地輕笑一聲。

用名字呼喚她的話，她會露出什麼樣的表情？

會湧現什麼樣的想法？

又會怎麼回應我呢？

（是燈里美眉的話……）

在課桌旁蹲下，探出半顆頭的她——

introduction
～前奏曲～

「什麼事？」

（會作何反應呢？）

實際上，自己明明沒有半點呼喚她名字的勇氣。

每天，只有這樣的想像不斷膨脹。

就連這一刻也——

他朝向以一雙感到不可思議的眼睛仰望自己的她伸出手。

輕觸她柔軟的臉頰後，一股溫熱感從掌心傳來。

（啊啊，果然是燈里美眉……）

光是凝視著她、光是呼喚她的名字——

「看吧……我變得更喜歡妳了。」

蒼太以掌心包裹住燈里的臉頰，緩緩露出微笑。

她的名字是早坂燈里——

是「我」第一次喜歡上的人。

也是「我」第一次告白的對象。

「我有話想對妳說。今天放學後的四點十分，可以請妳在這間教室……」

告白的答覆，至今仍曖昧不清。

「我」就不行嗎？

那天的答覆是——

introduction
～前奏曲～

itsumokimiwomiteru

總是看著妳的我，
心裡很明白——

bokuha,shitteru—

name1 ～名字1～

MILK

name 1 ～名字1～

十一月底的某天。文化祭結束後，校園中一片忙亂的氣氛，也終於在這陣子穩定下來。

聽聞早坂燈里被某個男生約出教室碰面的消息，變得坐也不是、站也不是的蒼太，一到午休時間便拔腿衝出教室。

燈里是蒼太的單戀對象，同時也是學校裡近似偶像的存在，所以被找出去告白並不罕見。

長相甜美、總是笑容滿面又才華洋溢。不分年級，為這樣的她傾心的男孩子相當多。

其實，蒼太也是在開學典禮當天看見燈里後，就一見鍾情的男生之一。

儘管他有單戀時間比任何人都來得長的自信，但現在，他跟燈里就只是一般的朋友關係。

即使如此，跟完全無法向她搭話那陣子比起來，現在應該多少有一點進展。

燈里曾主動找他一起去吃蛋糕或冰淇淋，兩人也交換了聯絡方式。

可是，畢竟他並不是燈里的「男朋友」，就算被她約出去，恐怕也算不上是「約會」。

對燈里來說，蒼太仍只是「朋友」。

所以，就算有男生約她出去單獨碰面，蒼太也沒有資格嫉妒。然而，會在意的事情就是會在意。

蒼太來到體育館後方時，那裡已經聚集了不少觀眾。

大家想必都是來見識那個有勇無謀的男學生向燈里告白、然後被狠狠拒絕的場景吧。

抱著看好戲心態的眾人，接二連三做出潑冷水的發言。

「早坂同學，請問妳……有喜歡的人嗎！」

和燈里面對面的男學生像是豁出去似的這麼問道。聽到他的提問，蒼太將手按上心跳仍劇烈不已的胸口。

（唔哇啊～他就這樣開門見山地問啊……）

這不是蒼太初次目睹——不對，應該是說躲在一旁偷看別人對燈里告白的場景。但這

樣的經驗，每次都讓他心驚膽跳。

儘管知道燈里會拒絕，這種事情仍對心臟很不好。

蒼太望向燈里，發現她露出困擾的表情，像是在思考什麼。

「喜歡的人……是嗎？」

「我想知道妳喜歡什麼樣的人，或是什麼樣的類型！」

男學生繼續追問。關於這點，在一旁看熱鬧的學生們也非常感興趣。

而躲在體育館暗處的蒼太，也不知不覺繃緊神經偷聽。

「嗯～……這個嘛，要先喜歡上對方，我才會知道呢。」

燈里以食指抵著下巴這麼回答。

或許沒料到會聽到這樣的答案吧，男學生困惑地沉默下來。

（這麼說來，燈里美眉之前說過「喜歡上的人就是自己喜歡的類型」這種話嘛～）

蒼太回想起燈里在體育課時和夏樹、美櫻聊天的內容。

同時，因為太在意燈里的發言，結果直接被足球擊中臉部的苦澀回憶，此時也跟著一

併浮現，他不禁以手扶額，發出「唔～……」的輕聲呻吟。

「那麼，我該回教室了。」

「啊，等一下！」

這段對話同時也傳入蒼太耳中。

燈里朝不知所措的男學生一鞠躬。

這樣的發展跟告白被婉拒沒兩樣吧。看到男學生沮喪垂下雙肩，周遭的人七嘴八舌地以「真遺憾啊～」安慰他。

一如以往，面對向自己告白的人，燈里沒有做出他們期望中的回覆。

為這樣的事實安心的同時，反過來思考自己的立場，就會讓蒼太坐立不安。

畢竟，他也是曾向燈里告白的男生之一。

他那時的告白，並沒有得到燈里明確的回覆。

他想確認燈里的心意——蒼太確實有這樣的想法。然而——

在沉著臉的蒼太正要垂下頭時，突然有道呼喚「望月同學」的聲音傳來。

「燈……燈…………！」

（燈里美眉！）

差點把總是在內心這麼呼喚的暱稱脫口而出的他，連忙改口以「早坂同學！」回應。

站在身旁的燈里，先是圓瞪一雙大眼，接著輕笑出聲。

「你在做什麼呀？」

「咦！呃——我…………」

（聽到有人要跟燈里美眉告白，所以我飛也似的衝過來……我哪能把這種話說出口啊！）

「我想說……該吃午餐了……」

儘管擠出尷尬的笑容這麼回答，但因為蒼太剛才匆匆忙忙離開教室，身上沒帶著任何看起來像午餐的東西。

說出這種一下就會被識破的藉口，連蒼太自己都覺得很難為情。不管怎麼看，他都跟其他男生一樣是來看熱鬧的。

燈里朝蒼太的手瞄了一眼，微微歪過頭回道：「這樣呀。」

「就……就是這樣！我等一下……就打算……去福利社買……」

看到燈里以一雙看似很開心的眸子直直凝視著自己，蒼太「嗚咕」一聲再也說不出半句話。

（嗚……燈里美眉可愛過頭了，我無法直視她啊！）

這麼想的他，儘管試著移開視線，但又總會馬上被燈里吸引過去。

「早坂同學，妳……忙完了嗎？」

「好像是呢。」

燈里望向那群男生。

不知從何時開始，剛才告白的男學生，以及其他來看熱鬧的男生，現在全都盯著蒼太看。

「那傢伙是誰啊？」

「噢，他是高三的……」

「他怎麼在跟早坂同學說話？」

這樣的交談聲傳入耳中，讓蒼太心驚了一下。

那些充滿好奇心和妒意的視線，讓蒼太渾身不自在。他丟下一句「那……那再見嘍！」便迅速離開現場。

（我的態度……會不自然嗎……？）

蒼太轉頭朝後方瞥了一眼，發現燈里仍以一臉不解的表情目送自己離去。

這種時候，他其實很想抬頭挺胸地站在燈里身邊。

他希望站在她身旁的自己，不會懷抱著「我比不上別人」的自卑感。

他理應想要成為這樣的對象才是。

然而，蒼太卻總是忍不住自己後退一步。

這麼做的理由，他本人再清楚不過了。

配不上——

對大部分的男生來說，燈里是一朵高嶺之花。對蒼太而言亦是如此。

無論是告白前或告白後，這一點都不曾改變。

返回校舍的途中，蒼太不自覺停下腳步。

種在校舍旁的櫻花樹，葉片已經全數凋零，只剩光禿禿的枝枒伸向寒冷的天空。

彷彿正在靜待季節交替的那一刻到來——

他會在沒有任何改變、沒有半點進展的情況下，就這樣迎接畢業之春嗎——

想到這裡的同時，感到胸口一陣緊縮的蒼太，不禁微微垂下眼簾。

（再這樣下去……）

✦ ✦ ✦

放學後，到教職員辦公室處理完要務的蒼太，一邊在寂靜的走廊上前進，一邊確認自己的手機。

「沒有任何聯絡嗎……」

在文化祭之前，燈里偶爾還會捎來「要不要一起去吃蛋糕呢？」的邀請，但到了最近，這樣的簡訊不再出現。

決定報考某間知名的美術大學後，燈里便經常在學校留到很晚，請擔任社團顧問的松川老師指導她練習素描。

聽說，她甚至報名了以美術大學為報考目標的補習班，每個星期都會去上課幾天。

因為備受周遭期待，燈里本人想必也很認真在準備吧。

（燈里美眉……她今天也會在美術教室嗎……）

蒼太以帶著幾分迷惘的雙眼，凝視著昏暗走廊的盡頭。

因為日落的時間提早，過了傍晚五點後，天色就變得很暗。

在白色螢光燈管的光芒照耀下，這一帶只聽得到蒼太的腳步聲。

前進片刻後，寫著「美術教室」幾個字的告示牌出現在走廊前方。

雖然大門是開著的，但裡頭似乎沒開燈。

蒼太輕輕「咦？」了一聲，在大門外停下腳步。

（沒有人在嗎……？）

他朝裡頭望去。在走廊燈光的所及之處，燈里一個人靜靜坐在那裡。

name 1
～名字1～

她的身影讓蒼太吃了一驚。

燈里將畫架靠在窗邊，專心致志地在畫布上動筆。

蒼太只能窺見她的背影，但燈里想必是專注到甚至沒發現最後放學時間就要到了吧。

燈里這樣的身影，跟蒼太腦中某段記憶重疊在一起——

那是在高一的七月左右，即將進入暑假的某一天。

從美術教室外頭走過時，他看見一幅靠在窗邊的畫架，就像現在這樣。

畫布上描繪的，是將枝枒強而有力地伸向藍天，自信地讓花朵綻放的櫻花樹。

就連站在畫布前方的燈里，看起來都有如一幅畫，吸引了蒼太所有的注意力。

因為不想破壞籠罩著教室的柔和氛圍和寂靜，蒼太只是屏息注視著那個身影片刻。

早坂燈里——

蒼太從同樣隸屬於美術社的夏樹口中，得知了她的名字。

他曾在走廊上和她擦身而過，也曾在上學時看到她的身影。

燈里的臉上總是帶著笑容，看起來總是快樂又開朗。

蒼太從不曾在她臉上看過陰鬱或悲傷的表情。

感覺這樣的表情實在跟燈里格格不入，也令人難以想像。

明明在開學典禮時對她一見鍾情，但蒼太卻過著從不曾主動朝燈里搭話的每一天。

他擠不出一絲這麼做的勇氣，只是像在眺望電影銀幕上頭的女主角那樣遠遠望著她，也覺得這樣就夠了。

自己只是個觀眾，是個旁觀者。

就算伸出手，也無法觸及。

蒼太擅自將自己定義成這樣的存在。

第一次向燈里搭話，是在升上高三之後的某一天。

在教室大門外頭跟她對上視線時，蒼太不禁這麼脫口而出。

「早安！妳的頭髮翹起來了喔。」

發現瞪大雙眼仰望自己的人是燈里的瞬間，蒼太隨即慌了手腳。

「這邊有一撮頭髮翹……翹翹的……」

雖然試著這樣打圓場，但最後幾個字說得含糊不清，整句話也變得有頭無尾。

燈里將手按上自己的頭髮確認後，雙頰一瞬間染上緋紅。接著——

「幫我保密喲。」

她以食指輕輕按住唇瓣，有些害臊地笑了。

這個瞬間，蒼太感覺自己的血液發燙，然後在體內飛快流竄。

那個當下，他發現自己並非待在觀眾席，而是在銀幕裡頭，和燈里身處同一個世界之中。

只要主動攀談，她就會回應；只要伸出手，就能觸及她所在的地方。

現在亦是如此。只要出聲呼喚，燈里想必就會回過頭來。

然而，蒼太卻猶豫不決地佇立在大門外頭。

（其實……我很想再多跟她相處一下。）

他想跟燈里一起去咖啡廳或蛋糕店，一起聊一些平凡無奇的事情，一起開心地笑。

他也很想每天傳訊息跟燈里交流，不論是多沒意義的內容都無所謂。

不過，這些都是自己單方面的任性想法。

蒼太也明白，對燈里來說，現在是一段多麼關鍵的時期。

他以不會被燈里發現的動作轉身，悄悄離開現場。

這一刻，他不想打擾到她——

週末假期結束後的早晨，拿著飲料利樂包在連接兩棟校舍的走廊上前進時，蒼太不經意將視線移向中庭，然後停下腳步。

高一和高二的園藝社社員們，正在用掃把清理花圃周遭的落葉。

虎太朗和雛的身影也在其中。

之前，戀雪總是獨自一人照料著那片花圃。不過，在文化祭結束後，他似乎決定退隱，把照顧花圃的任務交給學弟妹們負責。

園藝社社員們嘻嘻哈哈地打掃著，看起來似乎很開心。蒼太站在原地眺望了這樣的他們片刻。

吹來的風冷颼颼的，感覺已經充斥著冬季的氣息。

跟燈里告白後，雖然已經過了一個月以上的時間，但蒼太仍未得到她的回覆。

（但我還沒有被她拒絕……）

蒼太像是要說服自己那樣在心中輕喃。

不過，實際上或許已經跟被拒絕沒什麼兩樣了。

沒有回覆他，或許是燈里的一種體貼——蒼太也曾經這麼想過。

蒼太是夏樹的兒時玩伴，而夏樹跟燈里是摯友。要是燈里拒絕摯友的兒時玩伴的告白，她跟夏樹的關係可能也會變得尷尬。所以，燈里才沒有明確地對蒼太說出「對不起」三個字——或許只是因為這樣而已。

愈是思考，「八成是這樣」的想法就變得愈強烈。

「果然……我就不行嗎……」

聽著自己輕喃出來的這句話，蒼太感到沮喪。

跟女主角相稱的，應該是帥氣、可靠、會在女主角身陷危機時即刻趕來、讓所有女孩子憧憬不已、宛如英雄般的存在。

像他這樣只是在一旁嫉妒、沒有半點自信的對象，沒有人會認同吧。

（雖然我是真心的……）

深藏在胸中的這份心意，比任何人都要強烈。

若是燈里提出請求，無論是什麼事情，蒼太都願意赴湯蹈火。

若是燈里需要幫助，無論她身在何處，蒼太都願意趕過去。

若燈里想找人商量，他願意擔任傾訴對象；燈里難過的時候，他會陪在身旁。

他絕不會讓燈里傷心難過，每天都會讓她展露笑容。

告白時所下的決心全都是認真的。他想竭盡全力讓燈里幸福。

然而，就算有傷腦筋的事情，燈里不會告訴蒼太，也沒有向他求助過。

她甚至不曾開口抱怨過什麼。

「妳有沒有什麼困擾？或是希望我替妳做的事情？」

就算這麼問，燈里恐怕也只會笑著回答「沒有」。

（需要對方的人，一直都是我呢……）

茫然思考著這些的時候，一道呼喚「望月同學」的嗓音傳入蒼太耳中。

他轉頭，發現燈里站在連接兩棟校舍的走廊的出入口。或許是才剛抵達學校吧，她的肩上仍揹著書包。

「早坂同學……啊，早安！」

蒼太連忙堆出一如以往的笑容。

燈里走到他的身旁，同樣以「早安」回應。

之後，她看似有些遲疑地垂下眼簾。

「那個，望月同學。今天放學後……你有空嗎？」

「今天？啊，嗯，沒問題，我有空喔。」

「太好了。那麼，放學後我在美術教室等你。」

燈里「啪」一聲將雙手合十，以像是鬆了一口氣的嗓音這麼表示。語畢，她轉過身，

踏著輕快的腳步返回校舍。

「是……是什麼事？」

燈里主動向他搭話很令人開心。不過，約在美術教室見面這點，就令人有點在意了。

蒼太突然一陣不安。

（該不會是……要答覆我之前的告白了？）

湧現這種想法的瞬間，心跳隨即加快的他，再次望向走廊的出入口。

那裡已經不見燈里的身影——

（不行，心臟好痛……）

一整天下來，蒼太都有種胸口被緊緊勒住的痛苦感受，好像連胃都要出毛病了。

上古典文學課時，他的臉色看起來大概很蒼白吧。

連明智老師都一臉擔心地問他：「望月，你沒事吧？想去保健室的話就去喔。」

下課後，蒼太一邊回想跟燈里的約定，一邊前往美術教室。走起路來搖搖晃晃的他，

虛弱地將手撐上牆面。

「怎麼辦啊。要是聽到她對我說『對不起』，我搞不好會當場暈過去……」

蒼太望向走廊的另一頭。美術教室就在那裡。

無論怎麼抵抗，「失戀」兩個字仍從他腦中閃過。

這種時候，要怎麼重新振作起來才好呢？

他實在無法湧現「再談一場新的戀愛」之類的想法。

「會讓我比喜歡燈里美眉更喜歡的人……根本不存在啊……」

這想必是一輩子才會有一次的經驗。就是這樣的一段戀情。

（可是，不管是什麼樣的結果，我都得確實接受才行……）

因為這是主動告白的自己的責任——蒼太吐出一口氣，毅然決然抬起頭。

比起馬上被拒絕，這或許還來得好一點——

來到美術教室外頭後，蒼太為了讓心情平靜下來而垂下眼簾。

「……久等了，早坂同學！」

打開大門踏進美術教室後，原本佇立在窗邊的燈里猛地轉過身來。

或許同樣感到緊張吧，她的一隻手緊揪著自己的胸口。

「啊，望月同學……」她啟唇輕喚了蒼太的名字。

全數掩上的窗簾，讓教室裡頭顯得有些昏暗。

「那……那個……呃……」

這種時候，應該說些什麼比較好呢？

無法馬上想到答案的蒼太，只能任憑視線在半空中游移。

從燈里迴避和自己對上視線的態度看來，接下來要說的話，或許讓她難以啟齒。

如果她是要答覆我的告白，那麼結果想必——

（真的……就要在這裡……結束了嗎？）

這樣的想法從胸口閃過，讓蒼太不知不覺垂下頭來。

既然如此，都是最後了，就笑容以對，不要露出一臉沒出息的表情——

在蒼太這麼下定決心並打算開口時，仰望著他的燈里率先發聲。

「那……那個，望月同學！」

「是……是！」

「我有一件事想拜託你！」

看到燈里以一雙極度認真的眸子望向自己，方寸大亂的蒼太往後退了一步。腳步有些踉蹌的他，雙手撐在作業台上方，上半身稍微往後仰。

「……呃？」

從他口中迸出來的，是聽起來很愚蠢的聲音。

（不是要答覆我的告白啊……？）

燈里似乎還在猶豫些什麼，只是將雙手交握在一起，遲遲沒有再開口。

「燈……不是，早坂同學？」

「那個……我希望望月同學你……」

在一個深呼吸之後，燈里微微拱起雙肩，然後像是豁出去似的——

「我希望望月同學你……把制服脫掉！」

「好……好的，我很樂意！」

受燈里的嗓音影響，蒼太忍不住就順勢這麼回答。

下一秒，他一臉茫然地望向她。

「呃……咦？」

（把制服……脫掉？）

眼前的燈里漲紅著臉，雙眼也緊閉著。

（……把制服脫掉？）

「咦……咦咦咦咦咦咦咦咦——————！」

蒼太無比震驚的吶喊聲，不僅迴盪在美術教室裡，甚至還響徹了走廊。

（這到底是值得開心的狀況……還是應該難過的狀況呢……）

在椅子上坐下的蒼太，以單手撐著下巴，露出嚴肅的沉思表情。

聽到燈里表示「我希望望月同學你把制服脫掉！」，蒼太震驚到幾乎腿軟。不過，其

實燈里只是想請他擔任素描模特兒，並不是什麼大不了的事情。

而且，要脫掉的也只有一件西裝外套而已。

看到燈里抬起兩隻眼睛怯懦地這麼問，蒼太的嘴巴比大腦搶先一步回答：「沒有不願意。我完全沒有不願意！」

「你……不願意嗎？」

（唉……我是在會錯意個什麼勁啊。）

擅自以為燈里要回覆自己的告白，又擅自想像自己被她拒絕而沮喪不已。

想到今天一整天都白忙一場，蒼太不禁感到難為情，他將手伸向自己泛紅的臉頰。

「不可以動喲，望月同學。」

「好……好的！對不起！」

蒼太連忙將手放回原來的位置，然後露出認真的表情。

維持這樣的姿勢片刻後，很在意燈里的他忍不住移動視線。

燈里捧著素描本，不停用鉛筆在上頭作畫。

從剛才開始，她握筆的那隻手便不曾停下動作。

明明必須垂下頭，蒼太卻無法將視線從她的身上移開。

專心致志畫圖的她，表情看起來比平常更加成熟。

真要說的話，比起「可愛」，用「美麗」一詞來形容她或許會更貼切。

看著露出不同於以往的表情的燈里，蒼太開始感到坐立不安。

現在，這間美術教室裡只有他們兩個人。

意外獲得這段共處的時光，可說是再幸運不過了。

然而，不巧的是，蒼太現在處於無法動彈的狀態。他已經維持相同姿勢三十分鐘左右，手逐漸發麻，腳也開始微微打顫。

（忍著點啊。這都是為了燈里美眉。）

他不斷這樣說服自己，從剛才一直忍耐到現在。

看到燈里那麼專注的模樣，自己豈能比她早一步放棄呢。

（這樣……我可以認為自己多少有幫上她的忙吧？）

燈里停下手邊的動作，以鉛筆抵住下巴。

或許是遇上什麼令她遲疑的問題了吧，她就這樣陷入片刻的沉思。

老實說，得知今天燈里找自己過來，並不是為了回覆之前的告白，讓蒼太稍微鬆了一口氣。

現在——他還能留在她身邊。

（我就不行嗎——）

這是蒼太告白那天，對燈里道出的台詞。

他在內心這麼問了無數次。

每當這麼做，他總覺得胸口彷彿被緊緊勒住，足以令人窒息的焦躁感跟著襲來。

燈里究竟是怎麼想的呢？

她總是把自己的心情藏在笑容的背後，從不展現出來。

所以，想從燈里的態度或發言，來判斷她對蒼太究竟有什麼樣的感覺，實在是難上加難。

（燈里美眉她……或許很不擅長用話語來表達自己的心情吧。）

委託燈里繪製畢業製作的電影用的畫作時，代表電影研究社出面找她幫忙的人，便是蒼太。

當初，燈里的創作進行得並不順利，她也因此相當煩惱。

「原因是什麼呢？」

蒼太這麼問過好幾次，但燈里每次都只是帶著困惑的表情沉默下來。

（不過，燈里美眉最後還是靠自己找出正確答案了呢。）

看到燈里表示「對不起，拖了這麼久才完成」而拿來的畫作，蒼太明白了。

她花費漫長時間所尋找的東西，就是「這個」。

蒼太的雙眼不自覺地潤濕。

燈里的內心世界既複雜又多彩多姿。那裡充斥著各種高漲的情感，她則在那些情感之中漂流擺盪──他明白了燈里就是如此。

燈里之所以不擅長用言語表達自身的情感，並不是因為她「不明白」。是因為語言這種單純的工具，無法讓她確實傳達自身的情感。

燈里能透過畫作，將自己所感受到的、看到的世界傳達給其他人。

或許，只有透過燈里的畫作，才能真正觸及她的內心世界吧。

就跟那時候一樣。燈里之所以還沒回覆蒼太的告白，說不定是因為她仍在尋找某個東西。

若是如此，在她找到之前，他也只能默默等待。

無論要花多少時間都一樣。

（雖然我也早就做好長期戰的覺悟了啦……）

不過，還是有現實面的問題存在——等到畢業之後，他跟燈里之間就會變得幾乎沒有共通點了。

這麼一來，之前的告白很可能就會這樣無疾而終。

蒼太不禁輕輕發出「唔～……」的呻吟聲。這樣看起來真的跟「沉思者」沒兩樣了。

「……同學……望月同學……謝謝你。」

不知道經過多久的時間後，蒼太感覺有人在拉扯他的襯衫。

發現燈里探過來的一張臉，讓他嚇了一大跳，還誇張地大喊出：「嗚哇啊！」蒼太就這麼從椅子上摔下來，一屁股跌坐在地上。

跌倒的劇痛，讓他不禁發出「咕～！」的哀號。

「你還好嗎？」

面對吃驚地圓瞪雙眼的燈里，蒼太勉強以「我沒事」回應，搖搖晃晃地起身。燈里則趁他起身時幫忙把翻倒的椅子扶起來。

「素描畫完成了嗎？」

燈里回答「是的」，然後拾起放在自己椅子上的素描本。

（不知道她把我畫得怎麼樣？希望我沒有露出一臉沒出息的表情……）

「那個……可以……讓我看一下嗎？」

因為很在意，蒼太不禁這麼開口問，結果燈里把素描本的某一頁攤開在他面前，並表

示「就是這個」。

畫在那一頁上的，是從驚嚇箱裡頭彈出蒼太玩偶的畫作。

「咦！是……是這個？」

（燈里美眉用那麼認真的表情畫了這張畫嗎！）

箱子的立體感、玩偶的質感，再加上逼真的陰影，確實可說是一幅力作，但——

以素描本遮住半張臉的燈里輕笑出聲。

「我是說笑的。」

「咦！說……說笑？」

蒼太困惑地這麼問後，燈里把遮住臉的素描本往下方挪一些，俏皮吐舌。

她這個惡作劇的淘氣笑容，給蒼太的心臟帶來狠狠的衝擊，讓他幾乎暈眩。

他真想誇獎沒有在原地昏厥的自己。

（如果能夠看到燈里美眉這樣的笑容，要我當幾次銅像都不是問題！）

雖然知道對方在捉弄他，卻還是允許這一切。想到這裡——

「其實是這張才對……」

燈里將素描本翻到下一頁，把素描畫攤開在蒼太眼前。

看到那張畫的瞬間，蒼太輕輕「啊！」了一聲。

（這是……我嗎？）

坐在椅子上的畫中人確實是蒼太。然而，卻有著讓蒼太本人無法想像那是自己的一臉平靜又溫和的表情。

明明擺出「沉思者」的姿勢，但畫中的蒼太一張臉望向正面。

儘管沒有出現在畫裡，但他微微瞇起眼凝視的，想必就是燈里。

那雙眼睛透出令人揪心的熱度。

蒼太時常會從一旁靜靜眺望燈里專心畫素描的模樣。

燈里的視線大多時間落在素描本上，蒼太原本以為她不會發現，看來早就穿幫了。

（原來我都用這種表情……！）

察覺到自己變得滿臉通紅，蒼太連忙伸出一隻手掩住嘴巴。

原來自己一直都用這樣的表情注視著燈里嗎？

竟然這麼坦率地將內心的情感表露出來——

（燈里美眉一定覺得我是個令人害臊的傢伙吧？嗚哇啊～～好想消失～～！）

看到蒼太不禁雙手抱頭，燈里不解地喚了一聲：「望月同學？」

「那個，早坂同學！我……可以收下這張畫嗎？」

蒼太猛地抬起頭來。

這是燈里的畫作，蒼太本身對這張畫也沒有任何不滿。

應該說，比起自己倒映在鏡中的實際樣貌，燈里畫中的他更要來得帥氣百倍。

這點讓蒼太很開心，但是——他不能讓自己這種羞恥的表情留在她手邊。

燈里眨了幾下眼，凝視著素描本陷入片刻沉思。

「還是……不行。」

「咦咦！」

「這張的話，可以給你喲。」

說著，燈里撕下素描本的其中一頁。

她遞出來的，是驚嚇箱和蒼太玩偶那張畫。

「這張……是嗎？」

接下這張畫的蒼太苦笑以對。

燈里「啪」一聲闔上素描本，看似很寶貝地揣在懷裡。

（畫裡的我啊，高興吧。你現在可是被燈里美眉擁在懷裡……呃，我跟一幅畫吃什麼醋啊。）

為這樣的自己感到傻眼，蒼太嘆了一口氣。

將素描本和筆收進書包裡後，燈里轉過身來望向蒼太。

「我們回去吧。」

「咦！……一起回去嗎？」

「你有跟其他人約好嗎？」

「沒有。我完全、根本沒有跟其他人約！」

蒼太用力擺動自己的腦袋和雙手。

「太好了。作為擔任素描模特兒的謝禮，我想請你吃蛋糕。」

「不用啦，我沒做什麼必須讓妳感謝的事情，就只是坐在椅子上而已啊！」

「不行。我今天要請客。」

做出難得的強勢宣言後，心情大好的燈里踏出步伐。

蒼太用手摸了摸後腦杓，在猶豫片刻後跟上她的腳步。

燈里領著蒼太造訪的，是和車站附近的大馬路有一段距離的咖啡廳。

在角落的座位就坐後，蒼太點了燈里推薦的古典巧克力蛋糕和咖啡。

而燈里也點了同樣的品項。

（感覺是燈里美眉會喜歡的店呢……）

蒼太以雙手扶著店員送上來的水杯，眺望咖啡廳的室內空間。

這裡的室內裝潢走簡素風格，店內還播放著音量不至於干擾到客人的鋼琴演奏曲。

片刻後，兩人的餐點送來。

「這裡的蛋糕，巧克力口味十分濃郁，口感也很濕潤，我相當喜歡。」

用叉子將蛋糕切成小塊再放進口中，燈里露出品嚐到極致美味的開心笑容。

她想必真的很喜歡這裡的蛋糕吧。光是看著這樣的她，就讓蒼太覺得很幸福。

他也拿起自己的盤子，吃了一口蛋糕。外層酥脆但內裡濕潤，口感又柔滑，真的非常美味。

苦甜巧克力的風味，跟盤上的鮮奶油融合得恰到好處。

吃起來不會過於甜膩，是蒼太喜歡的口味。

（嗯～……不愧是燈里美眉推薦的店家……）

在蒼太至今吃過的古典巧克力蛋糕中，這塊蛋糕的美味程度，或許可以擠上前三名。

為蛋糕的滋味大大滿足之後，蒼太將咖啡杯湊近嘴邊。

他不經意抬起視線，發現燈里正以「你覺得味道怎麼樣？」的表情盯著自己。

「啊，嗯。非常好吃！」

只能道出這種平凡感想，讓蒼太感到焦躁。

「太好了……因為我覺得你一定會喜歡這裡的蛋糕呢。」

「我一定會喜歡？」

「你喜歡口味比較樸實的蛋糕對吧？」

燈里若無其事地道出的這句話，讓蒼太的心臟重重抽動了一下。

雖然跟她一起去過蛋糕店和咖啡廳很多次，但蒼太並不曾向燈里提及自己喜歡什麼樣的甜食。

（原來她發現了啊……）

為了配合蒼太，燈里今天選擇了這間店，還有這款蛋糕。

這讓蒼太開心得無法藏住臉上的笑意。

「今天謝謝你陪我。」

將咖啡杯放回碟子上後，燈里一本正經地向蒼太點頭道謝。

「咦！呃，不……我……我才該說謝謝！」

（我才想謝謝妳邀請我呢。）

要是燈里沒有主動開口，蒼太今天就無法像這樣和她共度一段時光了吧。

「你幫了我一個大忙呢，望月同學。因為我遲遲找不到願意擔任素描模特兒的人……最後能仰賴的就只有你了。」

燈里雙手合十，露出有些害羞的表情。

（她的意思是……？不，等等，可別期待過頭了。或許只是我看起來比較好拜託事情而已呢。）

蒼太發出「唔～……」的沉吟聲，老樣子地在咖啡裡注入大量牛奶。

正要將咖啡杯湊近嘴邊時，他不自覺停下動作。

「想找素描模特兒的話，應該也可以拜託夏樹或合田同學吧……」

為了入學考而忙著念書的美櫻或許沒辦法，但如果是夏樹，應該會很樂意幫忙。

「啊，因為……我這次想找男性擔任模特兒。在美術社的社團活動時，我就已經畫過很多次美櫻跟小夏的素描了。而且，男性跟女性的骨架、肌肉線條都不一樣對吧？」

「噢……這麼一說倒也是呢。」

「望月同學，能請你攤開掌心嗎？」

聽到燈里的要求，雖然一頭霧水，蒼太還是乖乖打開手掌。

看到燈里將她的掌心疊上自己的，他吃驚地瞪大雙眼。

「燈……燈！不對，呃…………！」

方寸大亂的蒼太，膝蓋不小心直接撞上桌子，讓他大喊一聲：「好痛！」

發出輕笑聲的燈里，此時掌心仍緊貼著他的。

「望月同學，你看。我們的手掌大小就差這麼多呢。」

被燈里這麼一說，蒼太望向自己的手。

從掌心傳過來的體溫，讓他的心跳突然加速。

不同於男孩子四四方方的手掌。

燈里的手嬌小又柔軟。

好想就此將她的手包覆在自己的掌心裡——

這樣的衝動，讓蒼太不禁焦急地抽回自己的手。

儘管他的反應讓燈里愣住，但蒼太實在覺得害羞到極點，無法和燈里對上視線。

「對……對不起……」

蒼太輕聲道歉。

「我……才該說對不起。」

燈里也有些沮喪地垂下視線。

「啊，不，我不是討厭被妳觸碰喔，早坂同學！」

因為自己突然將手抽回，燈里有可能這麼誤會了。

「不是這樣的……我只是嚇了一跳……」

蒼太支支吾吾，無法好好解釋。

沉默籠罩了兩人。

最後，是燈里主動打破無語的狀態。

「可以……」

雙手捧著咖啡杯的燈里抬起視線。

蒼太也在同一瞬間抬起視線。兩人四目相接。

「再找你擔任……我的素描模特兒嗎？」

聽到燈里這麼問，蒼太臉上的表情豁然開朗。他幹勁十足地回答：「當然嘍！」

「當幾次模特兒都沒問題！要我脫的話，無論是制服或襪子我都願意脫！」

（呃，我在說什麼啦～！）

憑著一股勁兒說出來的話語，讓蒼太滿臉通紅。

他朝燈里偷瞄一眼，發現她以手掩嘴輕聲笑了起來。

「襪子不用脫也沒關係喲。」

「我……我想也是喔～！」

蒼太「啊哈哈」笑了幾聲，掩飾自己的害臊。

（不過……太好了。原來我也能幫上燈里美眉的忙呢。）

這或許無法算是幫上什麼忙。

儘管如此，燈里願意仰賴他，仍讓蒼太非常開心。

（我並非什麼都做不到呢……）

一定還有其他自己可以做到的事。他現在能這麼想了。

這晚，在洗過澡之後，蒼太點亮房間裡的燈，在書桌前坐下。

他從書包裡取出燈里的那幅畫。

看著從驚嚇箱裡彈出來的玩偶滑稽的表情，他不禁笑出聲，輕喃了一句「好怪的臉」。

他用圖釘將那幅畫釘在書桌前的軟木板上，就這樣眺望了片刻。

（憑現在的我……不行呢……）

蒼太希望燈里能更需要他。

困擾的時候、痛苦的時候、煎熬的時候。無論是什麼時候，蒼太都希望燈里第一個想起的人是他。

（我不要她先想到其他人……）

然而，在燈里面前蒼太總會緊繃到極點，手足無措到讓人覺得窩囊的程度。

反而是他比較常接受燈里的幫助。

就像今天，同樣是燈里主動向他搭話。

儘管腦袋明白這樣的道理，身體卻無法採取行動。現在的蒼太，無法抬頭挺胸地站在燈里身旁。

就算出現一名和燈里極為相配、宛如完美的王子殿下那樣的人物，蒼太恐怕也無法放棄這段戀情吧。

倘若未來也想繼續待在燈里身旁、想正式跟她交往的話，就只能讓自己成為那名「和燈里極為相配的人物」了。蒼太湧現了這樣的想法。

（這種想法會不會被別人取笑呢……我也不是當王子殿下的那塊料啊。）

蒼太苦笑，從書桌抽屜裡取出一疊作文稿紙。

無論是什麼都可以，蒼太渴求著能讓自己說出「我還有這個」的事物，想試著相信所

謂的「自己的可能性」。所以，他開始嘗試挑戰。

若不主動踏出第一步、主動嘗試改變，什麼都不會開始。

這是為了心儀對象而改變自己的戀雪教會他的事。

蒼太也很清楚，自己並不像燈里或春輝那樣擁有某種出類拔萃的才能。會開始寫腳本，也是因為春輝的一句「望太，你要寫寫看嗎？」，而非蒼太主動想這麼做。

在那之後，基於「沒有其他會寫腳本的人」這樣的理由，蒼太開始負責替電影研究社撰寫腳本。

蒼太沒有任何非凡之處。但在這個世上，有過半數的人，都跟自己同樣是平凡的人類。

憧憬其他才華洋溢的人物，然後期待自己或許也能做點什麼，但就算盡全力努力，依舊無法觸及自己的憧憬對象，而因此灰心喪志。

為平凡無奇的日常生活感到厭倦的同時，也會跟別人一起說笑玩鬧，或是喜歡上某個

人。

為了某人吃醋、為了小事煩惱，又或者遭遇失敗。儘管如此，仍以「自己想成為的模樣」為目標，試著往前方邁進。

或許，有些情感正是這種隨處可見、比比皆是的人，才有辦法寫出來。寫出能打動擁有相同生活方式的人、讓他們產生共鳴的作品。

被這種想法推動的蒼太，開始在稿紙上動筆。

女主角的參考人物是燈里。

一開始，蒼太並沒有特別將燈里當成參考人物，但開始下筆後，他才發現女主角只能是燈里。

他一直在摸索這段故事最後的結局——

name 1
～名字1～

kareshidemonainoni,bokuhayaiteru—
Honey
Honey
MILK

name2 ～名字2～

明明不是男朋友，
但我還是覺得嫉妒——

name 2 ~名字2~

這個星期天，蒼太騎上腳踏車前往車站附近的書店。

原本藏書就十分豐富的那間書店，後來轉型成跟咖啡店共同經營的模式，讓客人能在店內自由閱讀。變成這種經營模式後，蒼太偶爾會去那裡打發假日時光。

他來到小說陳列櫃前，拿起其中一本隨意翻閱時，一個「咦，望月同學？」的人聲傳來。

他轉頭，發現跟自己同班的綾瀨戀雪站在那裡。

「阿雪～！咦，你怎麼戴著眼鏡？」

戀雪臉上的那副粗框眼鏡，是他以前常戴的東西。

因為戀雪最近一直都是戴隱形眼鏡，今天看到他久違戴上眼鏡的模樣，讓蒼太有種跟過去的熟人不期而遇的親近感。

（沒錯沒錯，阿雪以前就是這樣的感覺呢。）

因為將髮型修剪成清爽俐落的短髮，現在就算戴上眼鏡，戀雪看起來也不會像過去那麼土氣。

「我把一邊的隱形眼鏡弄丟了……所以今天打算去重新配。不過，久違地戴上眼鏡，總覺得好像有哪裡怪怪的。」

「沒這回事啦。看到戴眼鏡的你，該說讓人有些放心嗎……會有種『啊啊，是阿雪呢』的感覺。啊，這……這不是負面的意思喔！」

看到蒼太慌忙辯解的模樣，戀雪露出有幾分害臊的笑容。

「老實說……我也覺得戴眼鏡比較讓人放心呢。」

「這樣啊。而且也很適合你喔。」

「謝謝你。」

「望月同學……你一個人嗎？」

「啊，嗯……優為了入學考而忙著念書，春輝也得替之後的留學做各種準備嘛。阿雪你呢？是來找參考書的嗎？」

「啊，不是的……我來買這個……」

戀雪亮出來的，既不是參考書，也不是試題集。

那本書的封面是一張玫瑰的照片。

「園藝雜誌？」

「因為我原本每個月都會買，總覺得……有種不買不行的感覺呢。啊，不過我看得很開心，而且也能學到不少東西。雖然我已經退出園藝社了，但最近在思考要不要學習如何打理庭園呢。」

看到戀雪難為情地羞紅雙頰，蒼太不禁噗哧一聲笑出來。

「學習如何打理庭園的準考生……阿雪，你將來絕對會成為大人物喔！」

「望月同學，那你是來買什麼書呢？」

「我嗎？我……該說只是來這裡隨便晃晃嗎……其實，我是想找一些能當作腳本參考的書籍，但這裡好像沒有呢。」

name 2
～名字2～

「腳本……你有去圖書館找過嗎？」

「學校圖書館裡的相關書籍，我大致上都看過一次了。啊，不過，對喔……公立圖書館裡或許也會有呢。謝謝你，我會去公立圖書館找找看。」

「是說，我剛好也想去公立圖書館……」

「那……不嫌棄的話，我們就一起去吧？」

（而且，我也想跟阿雪再多聊一下呢……）

像這樣在假日巧遇相當難能可貴，機會正好。

或許也湧現了相同的想法吧，戀雪笑著以「好」回應蒼太。

「阿雪，你吃過午餐了嗎？」

「不，還沒。」

「去圖書館之前，要不要先繞去別的地方坐坐？我有些事想跟你聊……而且，我肚子也餓了呢。」

「有些事想跟我聊？那麼……我們就先去別的地方？」

「這附近的話，大概就是漢堡店或家庭式餐廳了吧？」

蒼太和戀雪一邊這樣交談，一邊並肩走向結帳櫃臺。

踏進書店附近的一間速食店後，兩人點了餐，在終於空出來的靠窗座位就座。

「望月同學，你為什麼會想研究腳本的寫法？」

聽到戀雪這麼問，拆開漢堡的包裝紙正準備送進口中的蒼太，「咦」了一聲後停下手邊的動作。

坐在他對面的戀雪，一邊以雙手捧著咖啡杯取暖，一邊望著他。

「你應該已經退出電影研究社了吧？」

「噢……呃，我是想說難得都嘗試寫腳本了，以後也想繼續寫下去。一直努力到現在的東西，總覺得不希望在這裡結束掉呢……阿雪，你雖然退出園藝社了，但也還是繼續買園藝雜誌嘛。我想，自己的心境一定跟你相同吧。」

「我是興趣使然，但你……這樣或許有點可惜呢……」

「……咦？」

「在高二那年的文化祭，電影研究社有舉辦過放映會對吧？」

「啊，有呢！」

雖然是去年才剛發生的事，總覺得格外令人懷念。今年，他們因為全心投入畢業製作的電影，所以沒能在文化祭時舉辦放映會。

「你有來看啊，阿雪？」

「是的。那部作品非常有趣呢。節奏很輕快，也讓人無法預測接下來的發展，只能懷著揣揣不安的心情看下去……替那部電影寫腳本的人就是你吧？」

「啊～……嗯，算是吧。」

那是蒼太第一次挑戰自創的腳本，所以拙稚的部分格外引人注目。

「既然能寫出那樣的腳本，你大可朝腳本家這條路前進啊……不過，身為外行人的我說這種話，感覺也很不負責任呢。」

「那是因為擔任導演的春輝很有才華啦。我的腳本根本就不成氣候。」

蒼太將視線拉回漢堡上，苦笑著這麼回答。

「沒這回事。我認為芹澤同學和瀨戶口同學，都很認可你的能力喔，望月同學。他們

只是沒有說出口而已……因為你們三人的交情很好。」

說到這裡，戀雪看似羨慕地微微瞇起雙眼。

「老實說……」

沉默了半晌後，蒼太將視線移向蒙上一層霧氣的玻璃窗。

「我也不是完全沒想過要走腳本家這條路啦。」

這是他第一次向別人提起這件事。或許是因為對方是戀雪吧。

不是這塊料——

其他人一定都是這麼想的吧。

比任何人都更害怕跌倒，同時又很怕痛的蒼太，為了避免失敗，總是只選擇做最安全的事情。

從年幼時期便一直是如此。

（印象中，春輝總是亂來一通，然後動不動就受傷……）

三人之中，比較靈巧、總能早一步達到目標的人是優。最先學會騎腳踏車的人也是他。

那時，春輝不知跌倒了多少次，搞得雙手雙腳到處都是擦傷。

儘管很痛，他卻不曾說過一句喪氣話，也沒有哭出來，只是帶著一臉若無其事的表情繼續練習。基於這樣的努力，最後，他騎腳踏車的技巧甚至比優還要高超。

支撐春輝的才華的，就是他勤勉不懈的努力。

（至於我……好像因為摔倒擦破皮很痛，就哭著嚷嚷「討厭，我不要騎了」……）

蒼太之所以能學會騎腳踏車，都是因為有春輝和優的協助。

託兩人在後方幫他推腳踏車的福，蒼太慢慢克服恐懼，終於學會騎腳踏車。

不過，現在已經跟兒時不同了。春輝和優不見得能總是陪著他。不管再怎麼害怕，他都得自己邁開腳步，在自己所選的道路上前進。

腳本家這條路，跟春輝所選擇的電影導演相同，得在需要才華、努力和運氣的世界裡打滾。

比任何人都不相信自己能力的蒼太，想走上同樣的道路，可說是不自量力。

「可是啊……燈里美眉也跟春輝待在同一個世界裡呢。」

這兩人一定會持續不斷往前——

最後抵達蒼太伸長手也無法觸及的地方。

好想留在她身旁。不想被迫跟她分開。

好想跟她並肩站在一起。

「既然這樣，我就只能追上去了。」

就算立下目標，也不見得能成為自己理想中的模樣。儘管如此——

帶著認真的表情沉默半晌後，戀雪揚起嘴角表示：

「……很像你的作風呢，望月同學。」

「雖然不知道什麼時候才能達成目標就是了。」

即使能在腦中確實描繪出目標，有時也會在無法達成的情況下結束。

更何況，關於該怎麼做才能當上腳本家，蒼太其實也還摸不著頭緒。

「因為這樣，我想多少試著自學，所以才會去書店。雖然有看到教人怎麼當小說家的書籍，但腳本家是不是要去上專門學校才可以啊～」

蒼太以手托腮，「唔～……」地煩惱起來。

也跟著沉思片刻後，戀雪突然像是想到什麼似的抬起頭來。

「當小說家不行嗎？」

「咦？小說家？」

「很多單位都會舉辦小說比賽吧？」

（是嗎，小說啊……）

因為滿腦子都在思考腳本的問題，蒼太沒能往這個方面想。不過，仔細想想，他現在在撰寫的作品，比起腳本，或許更偏向小說。

（寫成小說的話，就能更確實地表現女主角的心情了……）

「對了，我記得這本書上有刊載相關活動……」

戀雪從書店的紙袋裡掏出剛才買的文庫本。

「這是愛情小說？阿雪，你也會看這類題材嗎？」

「是榎本同學推薦給我的……這部小說有改編成漫畫，明年還會推出動畫，滿有趣的喔。」

「這麼說來，感覺確實像夏樹會喜歡的作品呢。」

最愛動畫、電玩和漫畫的夏樹，經常和喜好相近的戀雪互相借漫畫或小說來看。

「我記得這間出版社最近開始舉辦以學生為主的小說比賽，正在募集第一屆的參賽作品……」

戀雪攤開比賽說明的頁面，再拿給蒼太看。

（以學校為舞台的愛情小說……）

蒼太目前在著手的正是這樣的作品。不過，如果想認真參賽，就得把現在的手寫稿重新用電腦打成電子檔。

（把故事修正成小說的形式，不知道會花多久時間？或許要忙到最後一刻才能交出去……可是，我想試試看！）

感覺幹勁突然湧現的蒼太，開始變得興奮起來。

「阿雪，這個活動一年會辦幾次啊？」

戀雪拿出手機，打開出版社的官方網站確認。

「每年好像只會辦一次。截止收件的時間是十二月。」

name 2
～名字 2～

「十二月……」

蒼太手上的這份稿子，已經算是完整的腳本。只要再有半個月的時間——

「這本就借你吧。」

戀雪闔上文庫本遞給蒼太。

「咦！可以嗎？但你才剛買，自己都還沒看過耶。」

「我原本就是打算先買起來放著，等考試結束再來看。你要借多久都沒關係喔。」

「謝謝你……真的太謝謝你了，阿雪～！」

這是他第幾次被戀雪從後方推一把了呢。

蒼太總覺得自己好像老是被戀雪的建議所拯救。

「雖然沒有抱太大的希望，但我還是會試試看。」

無論是多麼小的一步，如果不踏出去，一切就不會開始——

「我會聲援你的。」

戀雪回以一個溫和的笑容。

HW

name 2
～名字2～

在那之後的幾天，每當放學過後，蒼太就經常泡在校刊社的社團教室裡。

今天，據說園藝社的社員們打算用自己種的地瓜舉辦烤地瓜大會。為了分一杯羹——

更正，是為了取材，校刊社出動了所有社員。

為此，現在只有蒼太一個人待在這個社團教室裡。

他緊盯著電腦螢幕，專心致志地投入創作，因此沒發現有人踏進教室裡。被對方用捲起來的書本輕敲腦袋之後，蒼太才終於停下打字的動作。

「明……明智老師……？」

「你又～待在這裡寫東西了啊？電影研究社的社團教室裡不是也有電腦嗎？」

站在蒼太身後俯瞰他的明智老師，將捲起來的書本擱在肩頭上開口問道。

「我有跟社長申請過許可了。」

看到蒼太縮起脖子這麼說，明智老師回以一句「我知道啊」。

「我好歹是社團顧問……你現在在寫的，是不想讓春輝或瀨戶口知道的東西嗎？」

「也不是這樣……」

說著，蒼太望向自己未完成的小說。

「我只是想碰碰運氣，或該說是測試自己的能力，所以我還沒跟那兩人……」

明智老師「哦～」了一聲，然後探頭望向電腦螢幕。

「這時，一股沸騰熾熱的情感貫穿了我的胸口。這想必就是『戀愛』……」

「嗚哇啊啊啊——！」

蒼太大聲地吶喊出口，整個人環抱住桌上的筆記型電腦。

「你為什麼要唸出來呢！」

「哎呀，你想想嘛，我作為一名國語老師……」

「老師，你負責的科目是古典文學吧！」

「嗯——好啦，先擱開這件事不談。」

說著，明智老師將手上那本書放在蒼太頭上，後者連忙伸出手接住從頭頂滑落的書。

name 2
~名字2~

「櫻丘時報大合輯？這……這是什麼？」

不好的預感油然而生，蒼太戰戰兢兢地開口詢問。

「這是校刊社每半年會推出一本的合輯。刊載在裡頭的小說就麻煩你嘍。篇幅大概是三十張稿紙左右，主題則是『徹、底、失、戀』。」

「咦咦！那個……但我不是校刊社的成員耶。」

「望月～」

「是……什麼事？」

「你現在在用的電腦，是哪個社團的所有物來著～？」

聽到明智老師這麼說，蒼太無力反駁。再說，他確實受校刊社不少關照。

於是，投降的他回以：「我知道了啦……」

他並非不願意幫忙。能幫上學弟妹的忙，反而讓蒼太覺得很開心。

「這東西年底前要交出來喔～原稿完成後，你直接交給校刊社社長就行了。」

明智老師揮揮手這麼說，然後快步離開教室。

社團大門關上後，蒼太不禁垂下雙肩，「唉～……」地嘆了一口氣。

（總之，現在先把這邊的原稿……）

將椅子轉個方向，準備回到桌前繼續剛才的作業時，手機響了起來。

「是是是……我接～……」

將手伸向手機，確認來電顯示的人名後，蒼太像是瞬間清醒過來那樣用力眨了眨眼。

因為起身時用力過猛，椅子跟著往後滑，就這麼撞上後方的桌子，轉了好幾圈又回到原位。

「燈……燈里美眉？」

『如果你願意的話，今天要不要一起去吃蛋糕呢？』

收到燈里的邀約後，蒼太連忙趕往兩人常去的那間蛋糕店。

店內十分明亮。蛋糕櫃旁邊有內用區，可以供客人坐在這裡享用。

這間蛋糕店很受歡迎，週末時總是座無虛席，但平日午後還不至於人擠人。

蒼太點了生乳酪蛋糕和咖啡，燈里則是點了覆盆子蛋糕和紅茶。

蛋糕被送上來之後，燈里隨即開始品嚐，然後露出滿面的笑容。

（燈里美眉的吃相，會讓人覺得她在吃的蛋糕真的很美味呢……）

發現自己盯著燈里出神後，蒼太慌慌張張地將視線拉回自己的蛋糕盤上。

「妳今天……為什麼會約我？」

聽到蒼太這麼問，燈里愣愣地望向他。

「啊，因為……呃……我想說妳很久沒找我一起來吃蛋糕了，所以……」

燈里恍然大悟地「噢……」了一聲，以雙手捧起茶杯。

「因為我想跟你聊聊天呀。」

燈里的這個回答，讓蒼太險些被蛋糕噎到。

他困惑地望向燈里，發現後者臉上帶著壞心眼的笑容。

感覺自己的心跳瞬間加速的蒼太，最後不知所措地移開視線。

（她不是我期待的那個意思啦……）

這絕對只是一如往常的「玩笑話」。

「話……話說回來，天氣變冷了呢！」

為了含糊帶過而這麼開口，但蒼太卻熱得不停冒汗。

或許是店裡的暖氣開得太強了吧。

玻璃窗上蒙著一層霧氣，讓街景變得迷濛。

燈里以手捧著紅茶杯望向窗外。

「是不是……就快下雪了呢？」

她以沉穩的表情這麼輕喃。

這或許不是在對著蒼太說話吧。

蒼太也明白這一點，但還是以「嗯……」輕聲回應。

跟燈里四目相接的瞬間，他慌忙別開眼神。

「望月同學，你最近開始忙什麼了嗎？」

「咦，妳說我？」

「因為你好像經常很早就回家。」

「不是什麼了不起的事情……就只是，該說是興趣嗎……」

（這麼說她恐怕無法接受呢……）

不過，自己把燈里當成參考對象來寫小說這種事，當然不可能告訴她本人。

蒼太還在支支吾吾的時候，一陣「喀鏘」的聲音傳來。

燈里放下手中的茶杯直直望著他。

她的眼睛讓蒼太的心臟重重跳了一下。

「望月同學。」

「是！」

在蒼太繃緊神經回應後，燈里滿面笑容地表示：

「要不要……再吃一塊蛋糕呢？」

隔了兩天後的放學時間，蒼太拔腿衝進電影研究社的社團教室裡。

正在進行作業的春輝和優好奇地轉過頭來，發現蒼太慌亂地翻找著桌上的檔案夾。

「沒有……沒有，沒有！」

他還確認了抽屜裡頭和電腦附近，但想找的東西仍遍尋不著。

蒼太鑽到桌子底下，撥開一疊疊原稿翻找，揚起的漫天灰塵讓他想要猛咳。

「你在找什麼啊？」

優困惑地探頭望向桌子下方。

蒼太慢吞吞從底下鑽出來，帶著茫然的表情癱坐在原地。

「果然……找不到……」

（不在這裡嗎……這樣的話，或許是在書包裡頭……）

「喂，望太，你要偷懶到什麼時候啊。你的工作累積了一大堆耶！」

「抱歉，之後再說！」

「你的之後是什麼時候啊！」

蒼太無視春輝不悅的嗓音，從原地起身後匆忙離開社團教室。

他在找的是存放著小說檔案的重要記憶卡。

因為他在學校和家裡都會持續寫作，平常總是將文章儲存在記憶卡中隨身攜帶。

可是，他卻從昨天就找不到那塊記憶卡。

返回教室後，蒼太索性把書包裡的東西全都倒在桌面上。

儘管也確認過口袋和筆袋內部，但還是沒看到記憶卡的蹤影。

「到底跑到哪裡去了啊……」

他最後一次用那塊記憶卡寫作的地點，是校刊社的社團教室。

（接到燈里美眉的聯絡後，我就收拾準備離開……那時，我應該有把記憶卡收進書包裡才對啊。）

然而，不管怎麼想，蒼太都不記得接下來發生過什麼事。

回到家準備繼續寫小說時，他才發現記憶卡沒有在自己的書包裡。

「但也沒有在校刊社的社團教室裡……」

記憶卡也有可能還插在社團教室的電腦上頭——想到這樣的可能性後，等到隔天放學，蒼太隨即趕往校刊社的社團教室。

得知這件事之後，包括幸大在內的校刊社成員們，也全數出動幫忙尋找記憶卡，最後仍然沒找到。

幸大表示「或許備份檔案還在，我再用電腦確認一下」，所以，說不定還能救回一部分的檔案。

（可是，這樣的話，不管怎麼想都來不及啊……）

距離截稿日只剩下不到一星期的時間了。

「我怎麼老是在關鍵時刻……」

蒼太不禁趴在書包上嘆氣。這時，教室大門被打開的聲響傳來。

從腳步聲聽來，應該是有人走進教室裡了，但他連抬起頭察看的力氣都沒有。

name 2
～名字2～

維持趴倒在桌上的姿勢，有人輕拍了他的肩頭。

「望月同學？」

突然聽到燈里的嗓音傳入耳裡，讓蒼太吃驚地猛然抬起頭。

「燈……不對，早坂同學？」

「太好了，原來你還沒回去……」

「咦！啊，呃，怎麼了嗎？」

不知所措地這麼問之後，蒼太發現燈里的視線落在自己亂七八糟的桌面上。

「這是……」

「啊，沒什麼，我只是……只是在找東西而已！」

說著，蒼太連忙把課本和筆記本塞回書包裡。

「你在找的東西……難道是這個嗎？」

燈里從一旁伸出手。

蒼太苦苦尋找的那塊記憶卡，就躺在她的掌心裡。

「這個……妳是在哪裡？」

「蛋糕店。你可能是結帳時弄掉的吧。我昨天跟聖奈去那間店時，有位記得我的店員把這交給我。」

蒼太輕輕「啊……」了一聲。

「是嗎……或許是把錢包掏出來的時候……」

（之前找得半死都找不到，原來是燈里美眉替我保管的啊……燈里美眉真的是天使……不對，應該說是我的幸運女神！）

蒼太接下記憶卡輕輕握在掌心裡。

鬆了一口氣的瞬間，他有種全身虛脫的感覺。

「謝謝妳，早坂同學。妳幫了我一個大忙呢！」

笑著這麼向燈里道謝後，她也微笑著回答「不客氣」。

至此，兩人的對話便中斷了。蒼太將手撫上後腦杓，有些困惑地發出「呃～……」的聲音。

（這種時候，我應該……可以開口約她一起回家吧？）

name 2
～名字2～

為了觀察燈里的臉色而望向她，蒼太發現她仍帶著笑容看著自己。

蒼太感覺心臟狠狠抽動了一下，於是連忙又移開視線。

（……話說回來，我好像從來沒有主動約她一起回家過？）

現在，教室裡就只有他們倆。想開口邀約的話，這絕對是最理想的機會。

湧現這種想法的瞬間，心跳也突然躁動起來。

明明只是開口約對方一起回家而已。

（春輝總是會約合田同學一起回家……）

因為那兩人的相處模式看起來如此自然，蒼太原本也以為「就是這麼一回事」。

然而，換成必須由自己邀約燈里的情況時，他卻遲遲無法開口。

（跟我在一起的時候，燈里美眉感覺也不太緊張呢……）

這一刻，心跳聲變得嘈雜不已的人，也只有蒼太而已。

燈里只是在原地眨著眼，等待蒼太開口說些什麼。

她的表情看不出一絲的緊張。

「望月同學。」

聽到燈里呼喚自己，蒼太挺直背脊以「是……是！」回應。

「要不要……一起回家呢？」

在自己拖拖拉拉的時候，燈里搶先一步道出這句話。這讓蒼太沒能馬上開口回答她。

「還是你有其他事情要忙？」

「沒……沒有！完全沒有！」

蒼太連忙這麼回答，同時用力搖頭。

「那我們走吧。」

燈里快步走出教室後，蒼太也趕緊拎起書包跟上。

（原本還打算今天一定要由我來開口呢～）

來到走廊上後，蒼太走在燈里身旁，在內心默默嘆了一口氣。

「這麼說來……那裡面是什麼呢？」

燈里突然抬起頭，仰望著蒼太這麼問。

這個提問讓蒼太一時沒能反應過來，只是愣愣地回望她。

「就是剛才那個……」

「噢，妳說記憶卡嗎？」

蒼太將視線移回前方，像是在煩惱什麼似的「唔～」了一聲。

「是很重要的東西嗎？」

（傷腦筋耶～……）

「呃……其實……我在……寫小說……」

因為無法含糊帶過，蒼太最後選擇據實以告。

「小說？」

「一開始，我原本是用腳本的形式在寫……但後來阿雪跟我說可以去參加小說比賽，我就重新改寫了一次……」

聽到蒼太小小聲這麼回答後，燈里的表情豁然開朗起來。

「望月同學，你要參加比賽嗎？」

「呃，不，我會報名參加，但並沒有抱著要得獎的打算……」

「就算這樣，還是很厲害呀！」

燈里停下腳步，轉過身望向蒼太。

「一點都不厲害啦！只是報名參加的話，誰都做得到啊。」

「可是，你為了參加這場比賽，每天都很努力對吧？」

「……那是因為……截止收件的日期快到了……」

「你最近感覺很忙，原來是因為這樣呀……」

燈里望向前方，像是恍然大悟似的輕聲回應。她的嗓音聽起來莫名開心。

「一定連初審都過不了啦……啊！所以，如果妳能對大家保密的話，我會很感激的！要是祭不出半點成果，感覺實在太遜了。」

「會嗎？我覺得應該沒有這回事呢……」

「能這麼想的，只有春輝的同類而已。因為妳也是經常在比賽中摘下冠軍的人啊，早坂同學。」

蒼太不禁這麼脫口而出。

蒼太繼續往前走的同時，燈里卻垂著頭停下了腳步。

「早坂同學？」

這麼開口呼喚後，燈里才猛然回過神望向他。

「對不起……」

蒼太走到燈里身旁，但後者看似在思考什麼似的不發一語。

因為很在意她的狀況，蒼太不禁從一旁窺探燈里的臉色。

（她怎麼了？我是不是說錯話了啊？）

燈里的表情看起來似乎有幾分沮喪。

正當蒼太暗自著急的時候——

「小說……」

這麼輕聲開口後，燈里的表情恢復了一如往常的活力。

「寫完之後，可以讓我看看嗎？」

「咦！呃，但那是……」

「約好嘍。」

說著，燈里伸出自己的小指。

（約定……）

猶豫了半晌後，蒼太將自己的小指輕輕纏繞上她的小指。

「你絕對要得獎！」

「咦！咦咦咦咦～！這樣的約定有點！」

雖然這麼表示，但看到燈里用那雙滿是期待的眸子凝望自己，蒼太實在無法說出「我做不到」。

「我真的原本就不抱期望……」

蒼太像是辯解一般，嗓音也變得很細微。

「就算是這樣也無所謂。看到望月同學努力的模樣，我也會跟著湧現幹勁……」

看到燈里開朗的笑容，蒼太的心臟狠狠抽動了一下。

name 2
～名字2～

（燈里美眉……）

沒錯。燈里也為了大學入學考而拚命努力著。

既然這樣，他就不應該在她面前說一堆喪氣話。

像是下定決心那樣，蒼太將自己的小指確實交纏住。

「我跟妳約定。我會盡自己的全力……」

蒼太以認真的表情望向燈里。

「就這麼約定了。」

將這樣的台詞說出口之後，蒼太突然感到極度羞恥，於是紅著臉垂下頭。

「好的。」

燈里開心地這麼回應，同時對自己的小指使力。

總覺得溫熱的血液從燈里的指尖流過來，蒼太慌慌張張地鬆開了自己的手指。

這晚，蒼太一直悶在自己的房間裡，甚至連晚餐都沒吃。

在昏暗的房間裡，只有來自電腦螢幕的白光照亮他的雙手。

敲打鍵盤的聲響從未中斷過。

「約好嘍……」

燈里的嗓音在腦中浮現，蒼太也跟著停下打字的動作。

他的視線落在自己的小指上。

他不想讓燈里失望，不想看到她露出失望的表情。

現在可不是說「結果不重要」這種話的時候。他想得獎——

過去，蒼太從不曾這麼渴望自己的努力能夠開花結果。

他總是懷著「努力到某種程度就夠了」的想法。他擅自斷定那樣才適合自己，畫地自

限。

無論是學校的考試，或是體育祭上的競賽項目，蒼太從沒想過要跟誰爭第一。

然而，他現在無論如何都想看到成果。

他不想背叛自己對燈里的誓言，無論那是個多麼渺小的約定都一樣。

（要不然，我怎麼說得出口呢……）

「還剩一點點……上吧！」

以雙手拍打臉頰，重新提起幹勁後，蒼太再次將視線移往電腦螢幕上。

然後忘我地繼續寫下去。

（為了再說一次「我喜歡妳」……）

MILK
nee, sukitte
nandesuka?
DIARY
schedule book

name3 ～名字3～

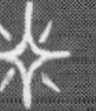

噯，「喜歡」到底是什麼樣的感覺…？

✶ name 3 ～名字3～ ✶

放學後，獨自一人留在美術教室裡的燈里，停下動筆的動作，放鬆原本緊繃的雙肩。畫布上的畫作還差一點就完成了，但最後放學時間已經逼近。要是留得太晚，恐怕會為把美術教室開放給自己使用的松川老師添麻煩。

「開始收拾吧……」

起身的瞬間，「燈～里～」和「燈里」的呼喚聲傳來。是夏樹跟美櫻。燈里望向教室大門，發現已經做好回家準備的兩人探頭進來。

「妳們……不是先回家了嗎？」

「因為，可以像這樣三個人一起回去的時間所剩不多了，所以我就跟美櫻說留下來等妳。對吧，美櫻？」

踏進美術教室的夏樹伸手打開電燈開關，螢光燈管的亮光瞬間籠罩了室內。

「嗯，所以我跟小夏剛才在圖書館念書。」

夏樹跟美櫻走到燈里身旁，望向那塊畫布。

「好美喔，真不愧是燈里！」

夏樹發出感動不已的讚嘆聲。

在一旁眺望畫布的美櫻，也點點頭表示「真的呢」，然後望向燈里。

「這是教會的聖母像？」

「嗯。之前畫過素描後，突然又很想畫它。」

燈里以指尖輕觸畫布。

從彩繪玻璃窗打進室內的陽光，照亮了獨自佇立在昏暗教會內部的聖母像憂鬱的表情。

「可是……要把雙眼看到的感動實際呈現出來，真的好難喔。」

「咦咦？妳畫得很好啊。確實可以感受到一股神聖的感覺呢！」

「我也覺得這幅畫很棒呢。無論是冰冷的空氣感，或是靜謐的感覺，都描繪得栩栩如生。」

雖然夏樹和美櫻異口同聲地稱讚，但燈里仍覺得這幅畫沒有到達自己想像中的水準。

技巧跟不上自己想要表現的東西——這陣子她時常有這樣的感受。

「燈里，妳對自己的要求太高了啦！」

聽到夏樹這麼說，燈里回以一個曖昧的笑容，然後捧著調色盤起身。

「這個我幫妳收吧。」

「啊，可是，小夏，我自己來……」

「沒關係、沒關係。大家一起收比較快啊。」

「燈里，這個畫架要搬去美術準備室嗎？」

「嗯……小夏、美櫻，謝謝妳們。」

明天也有美術課，所以不能把畫布和畫架留在美術教室裡。

燈里和美櫻一起把畫架搬到美術準備室去。

整理完畢的三人走出校舍時，最後放學時間的鐘聲也跟著響起。

＊ ＊ ＊

name3
～名字3～

離開學校後，燈里一行人並肩走在日暮低垂的回家路上。

「寒假結束後，入學考馬上就要開始了嗎……燈里、美櫻，妳們加油喔。」

「小夏是要去念專門學校對吧？需要參加面試跟準備推薦函？」

美櫻望向夏樹問道。

直到最後一刻，都在煩惱未來出路的夏樹，最後決定去念設計相關的專門學校。

「好像還要交一篇小論文～是說，小論文是什麼東西啊？我要寫些什麼才好？」

「嗯～……選校動機之類的？」

「真希望這些都趕快結束～我最近都沒去蛋糕店吃蛋糕了……」

「對呀……我們這陣子都沒有一起去呢。」

「燈里妳呢？最近有一起去嗎？」

被夏樹這麼一問，原本陷入沉思的燈里「咦？」地抬起頭來。

三人在斑馬線前方停下腳步。

「跟望太一起去！」

「啊……嗯。之前有一起去過幾次……不過望月同學最近好像很忙。」

「望太很忙？他在忙什麼啊？」

「應該是忙著籌備畢業製作的電影吧？好像還沒有弄完的樣子。」

美櫻看著夏樹回答。

「嗯～…可是，優說望太這陣子都沒在社團教室出現呢。」

看到夏樹不解地歪過頭，燈里連忙以「他好像是家裡有事要忙」蒙混帶過。

蒼太似乎不太想讓大家知道他在寫小說的事。

紅綠燈的號誌轉換後，三人跨越馬路，來到被路燈照亮的人行道上。

在沉默片刻後，夏樹以幾分猶豫的語氣道出：「燈里，妳……」

「妳還沒回覆望太的告白……對吧？」

「……嗯。」

「這樣啊……所以望太他……還在等嘍。真是努力呢……」

燈里也在猶豫半晌後點點頭。

夏樹將兩隻手交叉在後腦杓，一雙眼睛望向天空。

她漫不經心說出來的這句話，讓燈里心驚了一下。

name3
～名字3～

「燈里，妳決定……要怎麼回覆望月同學了嗎？」

走在燈里身旁的美櫻似乎也很在意這件事。

「對啊！這個我也想知道。燈里，妳覺得望太怎麼樣？」

看到兩人緊盯著自己瞧，燈里困惑地將視線往下。

覺得蒼太這個人如何——最想知道這個問題答案的，其實就是燈里自己。

「我覺得望月同學……很溫柔。」

儘管思考許久，燈里最後說出口的，卻是這種平凡無奇的答案——

蒼太很溫柔。他總是不忘關心他人，燈里也經常目睹他在電車上讓座的光景。

只要學弟妹遭遇困難前來求救，蒼太就會伸出援手，燈里還看過他為學弟妹介紹校舍。

只要受人所託，就會使命必達。蒼太或許是無法拒絕他人的類型吧。

在蛋糕店裡挑選蛋糕時，他總是一臉認真地陷入選擇障礙。

要是後面排了一堆人，蒼太就會跟著變得焦急，有時甚至因此選了完全不是他原本想

選的種類。

他喜歡在咖啡裡加入大量牛奶。

喜歡的電影是愛情片。也喜歡喜劇，不喜歡恐怖片。

偶爾會自言自語，但本人壓根沒有自覺。

有時會以「燈里美眉」來稱呼燈里，但本人同樣沒有察覺到。

每當這種時候，燈里總差點輕笑出聲。

她並不討厭蒼太用這樣的暱稱叫她。

變得會偶爾一起回家之後，她是不是也因此更了解他了呢？

還是說，她所了解的也只是一部分的他而已呢？

燈里渴望了解更多不同方面的他。

跟蒼太在一起很開心，最重要的是還令人放心。

燈里有不知不覺開始發呆的習慣，在這種時候，蒼太總會在一旁靜靜等待。

之所以覺得跟蒼太相處起來很自在，就是因為他總會配合自己的步調吧。

啊啊，感覺真好呢，這個人——

這是燈里的感受。同時，她也覺得自己喜歡蒼太。

如果跟蒼太交往，一定會很開心——她有時甚至會這麼想像。

（可是，這是「戀愛」嗎……？）

今年夏天，電影研究社的春輝一行人委託她繪製電影要用的畫作。

那時，燈里感覺自己似乎稍微能理解名為「戀愛」的這種情愫。

閃閃發光、看起來美麗無比，卻又有點揪心。

只是看著對方，胸口深處便會湧現一股暖意。這就是戀愛——

燈里一直在自己的心中尋找著這樣的悸動。

「燈里？」

夏樹的嗓音，把在內心世界茫然徘徊的燈里拉回現實。

回過神來的她，發現兩名友人有些擔心地看著自己。

「燈里，我覺得妳不需要想得太複雜喲。有一天，妳一定會自然而然就明白了。」

面對溫柔地這麼表示的美櫻，燈里以笑容回應「嗯」。

美櫻的眸子裡泛著戀愛的色彩。春輝也一樣。

他們望向彼此時，總會露出比任何時刻都要來得更加溫柔的神情。夏樹和優也是這樣。

燈里其實也嚮往談戀愛。

「美櫻，妳太天真了！太天真！」

夏樹雙手抱胸，以焦急的語氣開口。

「要是旁人不出聲催促，燈里跟望太就不會有任何發展呢。如果放著這兩人不管，就算變成老爺爺跟老奶奶了，他們也會維持著現在這種關係。會變成在院子裡一起慵懶喝茶、放空的兩個人啦！」

「這樣的關係，感覺也很像燈里跟望月同學的作風呢。」

說著，美櫻輕笑起來。

「啊～真是的。害我想吃甜食了啦。好想吃豆沙包喔～！」

name3
～名字3～

看到夏樹對著夜空這麼吶喊，燈里和美櫻一起笑出聲。

希望總有一天，能夠跟某人談一場真正的戀愛。

而這樣的對象——

（我想再跟望月同學一起去吃蛋糕呢……）

燈里模模糊糊地這麼想著，然後抬頭望向繁星閃爍的夜空。

＊ ＊ ＊

時間進入十二月第二個星期。

今天的第一節課是古典文學。踏進教室的明智老師走上講台，開始點名。

叫到蒼太的名字時，卻沒有人回應。

「望月～望月蒼太～……望太～」

台下的學生們開始竊笑。

明智老師抬起頭環顧整個教室。

「怎麼，他真的請假啊……」

這麼輕喃後，明智老師在點名簿上做記號，然後繼續叫下一名學生。

（望月同學……他是怎麼了呢……）

燈里望向蒼太的座位。

即使過了早上的朝會時間，那個位子依舊空著。

到了午休時間，燈里跟美櫻、夏樹一起移動到美術教室。

這三人以往都會去頂樓吃午餐，但天氣變得很冷，所以她們這陣子幾乎都窩在美術教室度過休息時間。

「那個……小夏，妳知道望月同學怎麼了嗎？」

在走廊上前進時，一直很在意這件事的燈里主動開口詢問夏樹。

她猜想夏樹或許有從優或春輝那裡聽說什麼。

「噢……望太他從昨天就感冒了，所以在家裡休息。」

「咦？感冒？」

「他好像有發燒，整個人有氣無力地躺在床上呢～而且他的家人又去滑雪旅行，家裡就只剩望太一個人。」

因為夏樹停下腳步，燈里和美櫻也跟著在走廊的盡頭止步。

「那現在是誰在照顧他？」

聽到美櫻這麼問，夏樹歪過頭回以：「這我就不知道了～」

「生病的時候，要是只有自己一個人，會覺得很寂寞、很難過又很煎熬呢～」

「就是啊……如果有人能過去照顧他就好了。能拜託瀨戶口同學或春輝嗎？就算放學後才能過去也好。」

美櫻也露出擔心的表情。

「優今天要參加補習班的模擬考，春輝好像也得去明智老師那裡報到。而我也……呃，對了……我跟美櫻也有事情要忙呢！」

不知為何，夏樹的視線不自然地在半空中游移，最後隨著一聲「對吧！」看向美櫻。

「咦！我……我嗎？」

「對啊，我們不是有很重要的事要做嗎！例如去買參考書，或是去買顏料……」

看到夏樹不停朝自己使眼色，美櫻輕輕地「啊！」了一聲。

「這麼說來……好像確實得去補貨才行喔……？」

「沒錯沒錯！所以啊～很遺憾的是，我們倆也沒辦法去探望望太呢。燈里，妳呢？妳放學後有事嗎？」

夏樹的一張臉猛地逼近燈里，讓後者有些困惑地往後退。

「呃……」

（聖奈說她今天有攝影的工作……）

自己今天也不用去補習班。

「我……應該沒事……」

聽到燈里這麼回答，夏樹喊了一聲「好耶！」並做出握拳的利姿勢。

「『好耶』？」

「沒……沒事、沒事。我在自言自語！」

夏樹慌忙藏起握拳的手，露出像是企圖蒙混帶過的笑容。

「那就這麼決定吧……我們會一起出慰問金，燈里，拜託妳去探望望太嘍！」

看著笑容滿面的夏樹，一旁的美櫻苦笑著輕喃：「小夏～……妳真是的。」

「……我去可以嗎？」

「當然可以啦！看到妳出現，望太的感冒絕對會瞬間痊癒啦。而且，妳也很擔心他吧，燈里？上課的時候，我看妳好像一直在看望太的座位。」

夏樹的這句發言，讓燈里心驚了一下。

（我有這樣嗎……）

這麼說來，上午的時候，她確實記得自己似乎動不動就望向蒼太的座位。

總是坐在那裡的背影，今天卻不在，讓她有些坐立不安——

「我也覺得這麼做，望月同學會比較開心呢。燈里，可以拜託妳嗎？」

聽到美櫻這麼問，燈里沉思片刻。

「可是，我不知道望月同學住在哪裡……」

「別擔心！我會告訴妳！」

這麼說的夏樹一臉得意地豎起大拇指。

或許因為夏樹跟蒼太是兒時玩伴，家住的地方也不會太遠，所以她很清楚吧。

「那……我回家路上會繞過去探望他。」

「這就對了。那接下來拜託妳嘍，燈里！」

面對伸出雙手從後方推著自己前進的夏樹，燈里笑著回答「好的」。

放學後，前往蒼太家拜訪的燈里，剛好遇到他的姊姊返家。

向姊姊說明自己是來探病之後，對方表示「請進來吧，蒼太在房間裡」，於是燈里在玄關脫下鞋子。

蒼太的房間似乎在二樓。

燈里爬上階梯，踏進他的房間裡。緊掩著的窗簾，讓房內顯得昏暗。

蒼太裹著棉被躺在床上。

有些顧慮地走進房間後，燈里關上房門，朝床邊靠近。
她將書包擱在一旁，輕輕在床沿坐下。
棉被底下不時傳來咳嗽聲。
正當燈里猶豫著該不該喚醒蒼太時，後者稍微睜開了雙眼。
他以那雙無力而迷濛的眸子望向燈里。
他的嘴唇蠕動成「燈里美眉……」的唇形，但沒有發出聲音。
燈里拾起蒼太伸過來的手，發現摸起來很燙——

（怎麼辦……得讓他降溫才行……）
蒼太家裡有藥嗎？
他的姊姊應該還在客廳，問她就會知道了吧。
準備起身時，蒼太沙啞的一聲「對不起……」傳來。

「對不起，燈里美眉……我明明跟妳約好了……」
蒼太痛苦地喘著氣，像是夢囈般喃喃開口。

name3
～名字3～

「……望月同學？」

燈里困惑地呼喚他的名字，但蒼太或許很難受吧，隨即又閉上雙眼。

（難道……望月同學他之前一直在逞強？）

「約好嘍。」

想起兩人用小指打勾勾的事，燈里不禁輕輕握住蒼太的手。

（我才……該說對不起呢……）

吃過藥後，蒼太似乎稍微退燒了，呼吸也變得平穩。

儘管還是很擔心他，但要是在這裡待太久，回家時間就會太晚。

燈里提著書包起身。

準備離開房間時，她瞥見一張釘在書桌前方的軟木板上的圖畫，因此停下腳步。

（啊，這張畫……）

那是從驚嚇箱裡頭彈出蒼太玩偶的畫作。是燈里拜託蒼太擔任素描模特兒時，為了讓他吃一驚而畫的作品。

「……他很珍惜這幅畫呢。」

燈里原本只是抱著塗鴉的想法而畫的。看到蒼太特地用來裝飾房間，她相當開心。

「太好了……」

燈里輕笑一聲，以手指輕觸蒼太的畫。

隨後，視線落在書桌上方的她，看到了一個大尺寸的信封。

收件人是某間出版社。

「這是……」

燈里轉頭望向仍在床上睡著的蒼太。

（是望月同學打算拿去參加比賽的原稿……？）

說不定，因為感冒而倒下的蒼太，沒時間外出投遞這份原稿。

燈里擔心地取出手機。

她打開出版社的網站，確認蒼太打算參加的那場比賽的注意事項。

收件截止日期是——

「今天……？」

所以，已經來不及了嗎？

因為這樣，蒼太剛才才會跟她說「對不起」？

燈里再次確認網站上的說明文字，發現收件截止日期旁寫著「以當日郵戳為憑」幾個字。

她望向時鐘。現在是下午四點四十五分。

（馬上趕過去的話，說不定還來得及……）

燈里將手機收起來，捧著原稿和書包望向蒼太。

這或許只是她自作主張。但燈里明白，為了這份原稿，蒼太每天都奮鬥到很晚。

所以，她不願讓他的努力白費——

「望月同學，這份原稿我帶走嘍。」

這麼輕聲告知熟睡的蒼太後，燈里便匆匆離開了他的房間。

走出蒼太家後，外頭的天色很昏暗，還下起了毛毛雨。

離這裡最近的郵局五點就會關門了吧。

（得快點才行……）

燈里撐開傘，為了不讓原稿被雨淋濕而揣在懷裡，拔腿往前衝。

name 3
～名字3～

aimainakokuhaku, imamokotaesagashite—

name4 ~名字4~
至今仍在尋找
那曖昧告白的答覆——

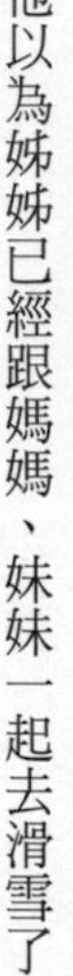

「對不起，燈里美眉……我明明跟妳約好了……」

「蒼太~你還在睡啊？我去便利商店隨便買了一些晚餐，你要吃嗎？」

蒼太因為姊姊大刺刺的敲門聲和嗓音而醒來，慢吞吞地從床上起身。頭跟喉嚨都還在痛，但或許是因為燒退了，全身無力的感覺也跟著消失。

（咦……現在……幾點了啊……）

走廊的燈光透進昏暗的房間裡。自己到底睡了多久呢？

蒼太的姊姊站在房門旁。

「姊姊，你們不是去滑雪……？」

他以為姊姊已經跟媽媽、妹妹一起去滑雪了。

「我也很想去，可是中途突然有其他得處理的事情冒出來呢～啊，對了，我把你女朋友帶來的布丁放進冰箱了，我吃掉一個嘍～」

姊姊搖晃著手上的塑膠湯匙這麼說。她的手上還捧著一個空的布丁杯。

「女……朋友？」

「怎麼，不是嗎？」

「有人來過嗎？」

「我剛回到家沒多久，有個你們學校的女孩子來按電鈴，我就請她進來了。你因為一直在睡，所以不記得了吧？真可惜～那個女孩子很可愛呢。」

笑著這麼說之後，姊姊關上房門。

來自外頭的燈光被阻絕，房內再次被沉默籠罩。

（來的人是誰啊？）

蒼太想不到有哪個女孩子會來探望他。

知道他家住哪裡的女孩子，大概也只有夏樹了。但如果來的人是夏樹，姊姊應該認得她才對。更何況，夏樹要來的話，優或春輝應該也會一起來吧。

（算了，沒差……之後到學校時再問問吧……）

他這麼想著，又鑽回被窩裡。

正當蒼太打算閉上眼再睡一會兒時——

「……望月同學？」

突然回想起來的這道嗓音，讓他掀開棉被猛然起身。

「呃……？咦？」

腦袋一片混亂的他，不禁發出疑惑的嗓音。

然後將手伸向不斷抽痛的太陽穴。

「望月同學，你得吃藥才行。請你稍微起來一下吧……」

在腦中朦朧浮現的，是朝他遞出感冒藥和玻璃杯的燈里的身影。

「這是我帶來探望你的布丁……你能吃東西嗎？」

說著，燈里捧起布丁杯讓蒼太看到。

（咦……咦……？這些……全都是我在作夢……對吧？）

『就算只是作夢，能讓燈里美眉來探望我，未免太幸福了！』

蒼太在內心飄飄然地這麼想著。

燈里將臉靠近，試著以不熟練的動作餵蒼太吃布丁。這樣的她實在太可愛，讓蒼太不禁愣愣地眺望著。

「難道……那不是夢？那是……是燈里美眉本人！」

蒼太以一隻手掩住自己的嘴。

他的心跳瞬間變得劇烈不已，原本已經退去的熱度，彷彿又一口氣竄上全身。

「不不不，不可能有這種事啦！」

燈里特地來照顧生病的自己——這種好事怎麼可能發生呢。

（可是……）

蒼太戰戰競競地伸手觸摸黏在額頭上的退熱貼。

他望向書桌，發現那裡有盛著玻璃水杯和布丁杯的一只托盤。

（那個布丁，是燈里美眉常去的那間店的布丁……對吧？）

蒼太已經在蛋糕櫃裡看過好幾次，不可能看錯。

他想起燈里看到愛心造型的布丁杯時，輕聲表示「好可愛」的反應。

（要是那些全都是真的……）

蒼太緊抓住枕頭，將自己紅通通的臉埋進去。

「我為什麼沒有全程好好記住啊～！」

他在床上一邊吶喊一邊打滾，一不小心整個人從床上滾下來。

接著是一陣重響和「嗚～！」的悶哼聲。

很痛。雖然很痛，但仍比不上強烈的羞恥感。

「這種……這種跟爆炸頭差不多的髮型，還有身上皺巴巴的運動服……都被燈里美眉看到了嗎……」

蒼太蓋上棉被，然後整個人縮成一團。

「好想消失喔……！」

name4
~名字4~

（而且我的房間也亂七八糟的……呃，我應該沒把什麼奇怪的東西擺出來吧？例如燈里美眉的照片之類的……）

蒼太再次起身，轉頭環顧自己的房間內部。

「太……太好了……」

看起來，他沒有把燈里的照片貼在牆壁上。

鬆了一口氣之後，蒼太又「不對，一點都不好！」地搖搖頭。

「我說不定有對燈里美眉做出什麼奇怪的發言呢！」

他抱著頭試圖回想，但浮現在腦中的，卻都是斷斷續續的記憶。

下一刻，蒼太又猛地抬起頭來。

「布丁……！會被姊姊吃光的！」

他無論如何都得守住燈里帶來的布丁才行。

蒼太慌慌張張從床上爬起來，準備走向門口。

但又在書桌旁停下腳步。

「啊……對了……我的原稿！」

突然想起這件事的他望向鬧鐘，發現時刻早已過了晚上八點。

（沒能趕上嗎……）

蒼太垂下雙肩，將視線移向電腦桌上，赫然發現原本擱在桌上的信封消失了。他不禁「咦！」了一聲，再次環顧房內。

他確認過桌子下方和垃圾桶裡頭，但還是到處都沒看到。

「咦……怎……怎麼會？」

他應該已經把作品列印打包好，準備拿去郵寄了才對。

然而，因為發燒，有一半的過程，他都是在頭昏腦脹的狀態下進行，所以也無法百分之百確定。

「難道，列印打包好的事情……都是我在作夢而已？」

（有可能……超級有可能！）

蒼太以雙手撐在書桌上垂下頭。

name4
～名字4～

（不管事實為何，反正我都沒趕上……！）

無論那是夢境或現實，他來不及把原稿寄出去這件事都沒有改變。

他總是這樣——

無法好好把握時機，老是在最關鍵的時刻出錯。

蒼太無力地在原地癱坐下來。

「約好嘍。」

燈里笑著這麼說的面容在腦中浮現，蒼太不禁以手扶額。

「抱歉……燈里美眉……」

＊ ＊ ＊

週末假期過後，蒼太的健康狀況才終於恢復到能去上學的程度。

他一邊跟活潑談笑的學生們擦肩而過，一邊踏著沉重的步伐走向教室。

（該怎麼跟燈里美眉說才好啊……）

他不斷茫然往前走，不知不覺便抵達了教室外頭。

教室大門是敞開的狀態，可以看見同學們在座位上有說有笑的光景。

燈里的身影也在這之中。正在跟夏樹聊天的她，表情看起來很開心。

（燈里美眉……）

蒼太駐足在教室外頭，就這樣凝視著燈里的身影片刻。

他遲遲無法踏出腳步。

「喔～！望太！你感冒好了嗎？」

待在優的座位旁的春輝發現了蒼太的蹤影，於是舉起一隻手呼喚他。夏樹跟燈里也因此轉過頭來。

蒼太隨即以書包遮住臉，轉身迅速退到走廊上。

（不行……我說不出口！）

他沒有臉去見燈里。

name4
～名字4～

倉皇逃下階梯時，燈里從後方以「望月同學！」喚住他。

蒼太心一驚而停下腳步，帶著幾分猶豫望向階梯上方。

因為擔心他而從教室追出來的燈里，小跑步走下階梯。

（對啊……逃走又有什麼用呢……）

做好覺悟後，蒼太在原地等待燈里朝自己靠近。

「望月同學，那個……」

「早坂同學，那個……」

兩人幾乎同時開口，又幾乎在同時朝對方低頭一鞠躬。

「「對不起！」」

發現彼此的發言重疊之後，兩人又同時「「咦？」」地抬起頭來。

「早坂同學，妳為什麼要跟我道歉……！？」

「那個，其實……我擅自把你房間裡的原稿……拿出去寄了……」

雙手緊握在一起的燈里，以不安的嗓音這麼表示。

「……所以……我會找不到原稿，是因為……？」

「我想說不快點寄出去的話，會趕不上收件截止時間，所以……」

燈里再次說了一聲「對不起！」然後深深一鞠躬。

蒼太緊繃的情緒瞬間化解，在原地無力癱坐下來。

（什麼啊，原來是這樣。是燈里美眉……）

「望月同學……？對不起喔。」

燈里跟著蹲下身子，直直望向蒼太的臉。

「不會，妳幫了大忙呢，早坂同學。要是妳沒有幫我拿去寄，絕對趕不上收件截止時間。真的……很感謝妳。」

聽到蒼太這麼說，燈里輕撫胸口表示：「太好了……」

和燈里對上視線後，蒼太感覺自己的心跳變得急促。這讓他慌慌張張起身。

（對了，她來探望我的事……）

「妳好像有來我家……還帶了布丁……謝謝妳！」

「啊，那是大家一起出錢買的慰問品……因為小夏她們都有事情要忙，只有我有時間過去探病……」

燈里跟著起身，又說了一聲「對不起」，然後看似愧疚地垂下眼簾。

「別……別這麼說。光是妳來看我，就很足夠了！」

（應該說，只有燈里美眉來探病我反而更開心……很想這麼說，但說不出口！）

「那……個……呃，就是……我覺得……很開心……」

聽到蒼太小小聲這麼表示後，燈里的嘴角終於上揚。

「你的感冒已經不要緊了嗎？」

「嗯……不要緊……啊！我應該沒有傳染給妳吧！」

「我很健康喲。」

「這樣啊……那就好。」

燈里以輕快的腳步走上階梯。

走上轉折處的平台後，她停下腳步，轉身望向蒼太。

「我想……那部小說應該可以拿到不錯的結果。」

「……咦？」

「因為那是你寫的小說呀……絕對沒問題。」

笑著這麼說之後，燈里咚咚咚地走上樓。

在二樓走廊上看到朋友成海聖奈後，她以一聲開朗的「早安！」向對方打招呼，並跑向聖奈身邊。

「是這樣就好了……」

蒼太也露出笑容，以緩慢的步伐踩著階梯往上。

片刻後，朝會時間的鐘聲響起。

兩天後的這天，在鬧鐘響之前便清醒過來的蒼太，比平常提早十五分鐘走出家門。

他在車站搭上剛好進站的電車，車廂裡頭還不算太擠。

為了尋找空位而在車廂裡移動時，蒼太感覺有人拉扯他的衣袖，於是回過頭。

name4
～名字4～

「早安，望月同學。」

坐在座位上的燈里，帶著笑容抬頭仰望他。

（燈……燈里美眉！）

蒼太以「早安，早坂同學！」回應。

因為太慌張，他險些咬到自己的舌頭。他完全沒想到自己會跟燈里搭上同一班電車。

「妳……平常都搭這班車嗎？」

「我最近會比較早去學校，所以……」

「原來是這樣啊。」

（這麼說來，平常的時間搭的那班電車，都看不到燈里美眉的身影呢。）

蒼太呆滯站在原地時，燈里朝旁邊挪動身子，詢問：「你要坐這裡嗎？」

「不……不用了，我沒關係……！」

「請坐。」

聽到燈里這麼說，蒼太又猶豫了半晌，才有些顧慮地坐下。

（我今天該不會運氣超好的吧……）

為了掩飾自己的緊張，蒼太將書包揣在懷裡，然後對雙手使力。

「呃……妳今天沒有跟成海同學一起？」

「聖奈應該會搭平常時間的那班電車吧。」

「噢，這樣啊……說得也是……」

（我幹嘛問這種理所當然的問題啊……）

無法在這種時候道出適當話題的自己，讓蒼太焦躁不已。

（跟她聊早上在新聞看到的動物園的海獺……之類的？呃，但是聊這個也沒意義吧。

唔～～我完全想不到話題啊……）

為了這個問題而苦惱時，電車已經駛過一站。

蒼太發出「唔～」的呻吟聲。

「不知道聖誕節之前會不會下雪呢……」

聽到這樣的輕喃，蒼太轉過頭，發現燈里正在眺望車窗外的景色。

蒼太也跟著望向車窗外頭。

（聖誕節啊……對喔，就快到了嘛……）

name 4 ～名字4～

只剩一個星期，就是聖誕夜了。過了聖誕節之後，第二學期也將宣告結束。

「早坂同學，妳……」

這麼開口後，蒼太卻把後半句話吞了回去。

今年，或許是他跟燈里共度聖誕節的最後一個機會。

沒人能保證他明年還能夠陪在燈里身邊。

所以——

今天，蒼太比平常更早醒來。

雖然沒看晨間新聞過後的星座運勢分析，但他覺得自己從不曾像今天這麼幸運過。

（要開口邀約的話，只能趁現在了……！）

深呼吸之後，蒼太道出「那……那個！」的開場白。

「早坂同學……聖誕節……！」

這時，蒼太突然感受到一股重量。他望向一旁，發現燈里靠上自己的肩頭。

（咦……咦咦咦——！）

他的心臟先是狠狠抽動了一下，接著開始怦通怦通狂跳。

倚著他的燈里靜靜閉著眼。

（燈里美眉……她該不會是睡著了吧？）

燈里的臉很靠近，呼吸的氣息也微微傳過來。

她的髮絲輕搔自己頸子的觸感，讓蒼太慌慌張張地轉頭望向正前方。

（別在意這個…………我怎麼可能不在意啦！）

不管怎麼做，他的注意力都會轉移到自己的肩膀上。

即使電車不停搖晃，燈里也完全沒有醒過來，或許是真的睡著了吧。

（…………她是不是很累呢？）

比以往的時間更早出門上學，或許是為了預留一段學習素描的時間吧。

在回家之後，她似乎也會為了準備筆試而念書到很晚。

看著如此努力的燈里，蒼太實在無法把「妳聖誕節有安排什麼計畫嗎？」這種被節日氣氛沖昏頭的問題問出口。

嘆了一口氣之後，他望向對側的車窗。

燈里的睡臉朦朧地倒映在玻璃窗上。蒼太就這樣眺望了她的倒影片刻——

染上一片橘紅的教室…

噯，怎麼了呢？

name5～名字5～

akakusomattakyoushitsuni

nee, doushitano?

totsuzenyobaretawatashino—

突然被呼喚的我的——

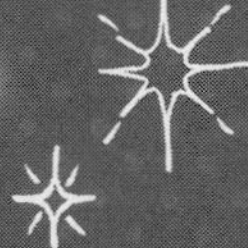

name 5 ～名字5～

自己是從什麼時候開始，變得無法畫出真正想畫的東西呢？

放學後，燈里坐在美術教室裡，一個人畫著石膏像的素描。

不知經過了多久，感覺專注力開始下降的她望向窗外，發現太陽已在不知不覺中下山。

原本在進行社團活動的學生們，似乎也開始收拾書包。

燈里就這樣坐在椅子上，眺望其他學生忙碌的身影。

升上高中後，她畫了好多、好多的作品。

無論是在社團或是在家裡，只要一有空，她就會開始作畫。想畫的東西接二連三湧現，多到甚至來不及一一畫完，讓燈里總是很快樂地、雀躍地、廢寢忘食地動筆。

畫著畫著，她開始在相關比賽中獲得相當高的評價，因此受到眾人矚目，也被說成是

比賽常勝軍。

這樣的結果，一開始讓燈里很開心。

那是她升上高二之後的事情。在進入暑假前——

「又是那個女生？」

「因為早坂同學是特別的嘛。」

「反正這次的冠軍也會是她吧？」

前往展覽會的會場時，燈里聽到了這種負面的對話。

其實，不要去在意就好了。但這些夾帶著細微尖刺的話語，依舊深深刺進她的胸口。

離開會場時，燈里發現自己的眼眶泛淚。

她只是因為喜歡畫畫，所以很努力地畫。明明就只是這樣罷了。

但現在，愈是動筆，這種純粹的心情卻離她愈遠。

回過神來，燈里變得再也不明白自己想畫的是什麼了。

然而，她無法在原地止步，也無法停止作畫。

只能像是被時間追著跑那樣拚命動筆。

燈里無法喜歡這樣的自己畫出來的東西。

那不是自己想要描繪的作品，自己的心沒有被打動。

儘管如此，一反燈里內心的感受，外界對她的評價愈來愈好。

看到她的畫作，所有人都以「太完美了」、「很不錯的作品」稱讚。

燈里本人明明一點都不覺得那是完美的、很不錯的作品。

於是，燈里開始不明白人們所謂的「很不錯的作品」，究竟是什麼樣的東西了。

大家是從她的畫作中看到了什麼，給予「很不錯的作品」這樣的評價呢？

這樣的疑問不斷在燈里腦中浮現，讓她變得像一頭迷途羔羊，再也不明白自己應該朝哪個方向前進。

等到高中畢業後，就放棄畫畫吧——

這樣的想法，開始在燈里的心中膨脹。

在春輝一行人委託她描繪電影要用的畫作時，燈里其實暗自做出了「就把這當成自己

的最後一幅作品吧」這樣的決定。

所以，她決定順從內心的聲音下筆，而不是為了評價而畫。

就像因為喜歡畫畫，所以畫得很快樂、畫得廢寢忘食那陣子的自己一樣。

歷經再三的苦惱和迷惘，燈里確實面對自己的畫作和內心世界，直到完成自己滿意的作品為止，重畫了好幾次。

將好不容易完成的畫作提交出去時，蒼太看著她的作品，就這樣沉默了片刻。

「這樣啊……原來這就是妳在尋找的東西啊，早坂同學。」

這麼輕聲開口後，目泛淚光的蒼太朝她露出微笑。

「妳找到了呢。」

他這麼表示──

啊啊，原來這個人都明白。

他明白，而且願意等待。

想到這裡，燈里的胸口滿溢著感動。

她想再次嘗試好好面對自己的畫作。多虧蒼太的那句話，讓她湧現了這樣的想法。若非如此，她恐怕在完成那幅作品之後，就會放棄畫畫了吧。

會選擇去念美術大學，也是在這之後做出來的決定。

她想變得像以前那樣喜歡自己的畫。

為此，她想忘記所有比賽或展覽會的評價，從基礎開始從頭學習。

然而，開始這麼做之後，她卻總是注意到自己能力所不及的地方。

明明已經沒有時間了。得在考試前完成的事情，明明多到如山積。

燈里內心的焦躁感愈來愈強烈。

明明必須看著前方確實前進，但回過神來的時候，燈里卻發現自己總是頻頻回頭望，迷惘地想著：「這樣真的就可以了嗎？」

她並不如周遭的人所想的那樣相信自己的才華和技術。

name5
～名字5～

這些都是極為曖昧的東西。

她能夠相信的，只有昔日曾經感受到的「喜歡畫畫」這種心情。

然而，若是把這樣的心情作為前進的路標，卻又不夠可靠。

總是別過頭去，避免察覺、試圖遺忘的那股不安，在燈里獨處的時候，總會突然湧現，讓她很害怕。

自己真的能好好繼續前進嗎？

她完全看不到這條路前方的模樣。就算從美術大學畢業，等著自己的會是什麼樣的未來，燈里也無法確實想像出來。

其實，她很想向人傾吐這樣的不安。

不這麼做的話，不安的情緒在內心愈積愈多，簡直就快要滿溢出來。

跟蒼太坦白的話，或許心情會變得輕鬆一些。

（可是……我做不到啊。）

聽到蒼太說他在寫小說時，燈里很吃驚。

原來蒼太已經找到了自己的夢想，並準備邁出步伐。

面對這樣的蒼太，她不能沒出息地說些喪氣話。

「我得加油才行……」

這麼自言自語後，燈里繼續在素描本上畫素描。

過了放學時間，其他學生的聲音也消失得差不多的時候，松川老師出現了。

「早坂同學，美術教室差不多要關嘍。」

聽到老師這麼說，燈里望向時鐘，才發現已經過了最後放學時間。

「不好意思，我馬上回去。」

燈里起身開始收拾素描本和炭筆。

「那就麻煩妳鎖門嘍。」

松川老師將鑰匙放在桌上後，便離開了美術教室。

將素描本放進書包裡之後，燈里有些疲倦地吐出一口氣。

「好想……去吃甜食喔……」

約蒼太一起去咖啡廳，坐在靠窗的位子，一邊享用咖啡和蛋糕，一邊閒話家常。

name 5
～名字5～

跟蒼太共度的時光很溫柔。既溫柔、又溫暖。

不知不覺中，對燈里而言，這段時間成了相當珍貴的寶物。

隔天，燈里、美櫻和夏樹一邊在走廊上前進，一邊聽著從廣播器傳來的校內廣播。

「說到聖誕節大餐的主菜……果然還是火雞吧？整隻烤火雞？」

「小夏，市面上很難買到火雞呢。應該用一般的烤雞就可以了吧？而且，烤全雞有點難度呢……」

走在前方的夏樹跟美櫻的對話傳入耳裡。

燈里沒有加入她們的對話，而是獨自沉思著。

「咦，春輝？」

走到階梯前方時，夏樹這麼開口，然後停下腳步。

燈里望向階梯轉折處，發現一群學生聚集在那裡熱鬧談笑。

站在這群人中央的是春輝和翠。

「要是春輝當上導演，找我友情演出也可以哩！我會給你友情優惠價！」

「我可不接受三腳貓演員喔。再說，你也沒打算當演員吧，翠？」

「有啥關係哩。目標是走上紅毯！我會同時以男主角獎跟作曲獎為目標！啊，我會找你當陪同領獎人的，春輝！」

「為什麼我是陪同人啦！」

說著，春輝跟翠笑成一團。

自從在電影比賽中拿下冠軍，春輝就成了眾人注目的焦點。

（芹澤同學他……都不會害怕嗎……）

跟翠搭肩笑鬧的春輝，看起來一如往常。

無論是在比賽得獎之前或之後，他都一直是這樣。

他總是挺起胸膛，看起來充滿自信，彷彿從不曾有半點迷惘。

要怎麼做，才能變成像他那樣呢——

這樣的想法在燈里胸口閃過。

name 5
～名字5～

「春輝絕對是得意忘形過頭了！留學……」

話說到一半，夏樹回過神來，連忙噤聲。

她露出一臉「完蛋了」的表情。

「啊……呃呃呃！」

「嗯……春輝看起來很開心呢。」

以溫和的表情這麼回應後，美櫻捧著便當步下階梯。

原本正在和翠及其他同學閒聊的春輝，不經意望向美櫻這邊。

他先是輕啟唇瓣，但最後還是欲言又止地閉上嘴。

美櫻也沒有開口，只是沉默地從春輝前方走過。

「等等我啦，美櫻！」

夏樹匆匆忙忙從後頭追上。

「咦？春輝，你不去跟合田同學說幾句話行嗎？」

看著兩人愈走愈遠的背影，翠刻意這麼開口問。

「……你很吵耶。」

春輝皺起眉頭，將手插進口袋裡走上階梯。

「……早坂，妳不跟上去嗎？美櫻跟夏樹都走了耶。」

春輝這麼搭話，燈里才猛然回過神來。

「啊，嗯……說得也是。」

視野範圍之內，已經看不到美櫻跟夏樹的身影。

燈里快步走下階梯，發現兩人在走廊上等著她。

「妳聽我說喔。我媽早上睡過頭了，所以我今天的便當菜色就只有飯糰呢！」

「那我把漢堡排分妳吃吧，小夏。」

「美櫻，妳好溫柔喔！我最喜歡妳了！」

聽著夏樹跟美櫻這樣的對話，燈里不禁跟著笑起來。

（原來……我是這麼地…………）

name 5
～名字5～

放學後，燈里老樣子地踏進美術教室，借用石膏像進行素描。

現在是考試期，所以美術社的學弟妹暫時不會來社團。

從中午一直下到現在的雨，完全沒有變小。

乘風而來的雨滴不斷敲打著玻璃窗。

燈里忙著用鉛筆在素描本上作畫時，有人「喀啦」一聲打開美術教室的大門走進來。

她聽到聲音抬起頭，發現來訪的人是春輝。

「芹澤同學……美櫻她今天不在喲。」

「噢，不……我是來找妳的，早坂。」

（找我……？）

春輝來找的人不是美櫻，而是燈里，這是很罕見的事。

「這是電影社跟妳借的畫作。原本是望太要拿過來還妳，但那傢伙忘記了。」

春輝將用一塊布包裹著的畫布放上作業台。

「我覺得，我們應該有把妳的作品拍得很不錯。等電影完成後，我們會舉辦放映會。雖然還沒完成就是了。」

說著，他露出有些僵硬的笑容。

燈里從椅子上起身，掀開外層的布確認內容物。

畫布上是一名男學生在教室裡凝望窗外櫻花的景象。

那是單戀著他的女學生眼中所見的世界——

受春輝等人的委託而描繪的、名為〈戀愛〉的一幅畫。

「早坂……妳果然很厲害呢……」

在一旁眺望畫布的春輝不自覺地這麼開口。

燈里望向他的側臉，春輝也跟著轉過頭來。

「早坂，妳打算報考美術大學對吧？」

「嗯……」

name 5
～名字5～

（芹澤同學……）

「是嗎？不過……想必沒問題。畢竟妳都能畫出這樣的作品了。」

不知為何，春輝這句話刺進燈里內心，讓笑容從她的臉上褪去。

「……不可能沒問題……」

回過神來的時候，她發現自己這麼輕聲開口。

「咦……？」

「根本……不可能……沒問題呀……」

「早坂……？」

至今，她原本不曾對任何人訴說過。

現在，深鎖在內心的那些不安全都滿溢出來，燈里無力阻止。

「芹澤同學……追逐夢想的時候……你不會害怕嗎？」

忍不住這麼問之後，燈里看到眼前的春輝一臉困惑地沉默下來。

「……那妳呢，早坂？」

片刻後，春輝以平靜的眼神望向燈里這麼反問。

燈里沒能馬上回答這個問題，只是將雙手交握在一起，然後垂下眼簾。

（我……）

「……我很害怕……明明得持續前進……明明不能停下腳步……但我好害怕……害怕得無以復加……」

原本想忍住，但還是做不到。回過神來，燈里發現一滴淚水沿著自己的臉頰滑落。

「就算是我……」

就在春輝這麼輕聲開口時——

突然傳來的開門聲，讓兩人猛然回頭。

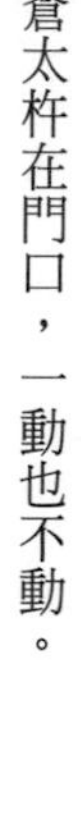

臉色發白的蒼太杵在門口，一動也不動。

name 5
～名字5～

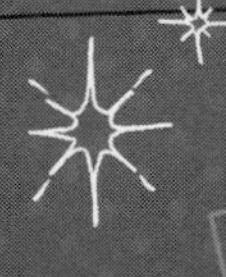

name6 ～名字6～

蒼太！
不是說好如果交了女朋友，要告訴我們嗎！！
咦～什麼～女朋友～？
把對方帶回來吧～
不是啦！！

name 6 ~名字6~

來到美術教室外頭時，蒼太聽到燈里和春輝的聲音從裡頭傳出來。

為什麼他們倆會——

他這麼想著而打開大門，燈里和春輝也同時轉過頭來。

燈里吃驚地瞪大雙眼，一滴淚水靜靜從她的臉頰滑落。

看到這一幕的瞬間，蒼太完全顧不得剛才發生了什麼事，或是他們在聊些什麼，直接踏進美術教室裡。

他直直朝燈里走去，拾起她的手，帶著她走出美術教室。

（其實我也知道……）

「望月同學……」

name6
～名字6～

儘管燈里不安的呼喚聲傳入耳中，蒼太仍一語不發地拉著她在走廊上前進。

春輝跟燈里很相似。

這兩人都擁有出類拔萃的細膩感性，因為才華洋溢，未來備受眾人看好，也同樣都在追逐自己的夢想。正因如此，燈里才會有「只有春輝能夠明白」這樣的想法吧。

不是其他人，而是只有春輝——

（我都知道啦……）

蒼太輕輕咬唇。

他不願意讓燈里看到自己現在臉上的表情，只是一味望著前方。

困惑從他握住的她的掌心傳來。

決定畢業製作的電影要使用的畫作時，蒼太就覺得內心一隅似乎有個底。

從聽到燈里表示戀愛的顏色是「金色」，春輝露出了開心的表情那時開始——

燈里打從內心需要的，是能夠和她看見同樣的東西、有相同的感受、如同春輝這樣的

理解者。

（就算這樣……………我也不要！）

蒼太不想看見燈里在自己以外的某人面前哭泣。

他希望燈里傾吐苦水的對象不是春輝，而是自己。

他希望燈里能將她一直深埋在內心的煩惱告訴他。

「望月同學……！」

燈里再一次呼喚後，蒼太終於停下腳步。回過神來，他發現自己已經拉著燈里來到校舍出入口。

蒼太緩緩轉頭，發現燈里以一雙帶著水氣的眼睛無助地抬頭望著他。

她臉頰上仍淌著淚水。

看到這樣的燈里的臉龐，蒼太突然覺得整個腦袋冷靜了下來。

「對不……起……」

他所能擠出來的，就只有這句話。
蒼太鬆開燈里的手。
自顧自地把正在哭泣的燈里從美術教室帶出來，卻說不出半句安慰她的話。
不僅如此，反而還讓她更加不安。

「對不起……」
再次以沙啞的嗓音向燈里道歉後，蒼太轉身。
他不想再讓她看到如此不堪的自己——

name6
～名字6～

他覺得自己沒有臉去見春輝或燈里。
隔天的午休時間，覺得待在教室裡很尷尬的蒼太來到頂樓。
這天，天空中布滿厚厚的雲層，吹來的陣陣冷風令人直打哆嗦。
但也因為這樣，頂樓沒有其他學生的蹤影。

（在午休時間結束之前，都待在這裡吧……）

蒼太吸了吸鼻子。話說回來，今天的天氣還真冷。感覺好像會降下冰霰。

在他努力搓熱自己的手臂時，頂樓的大門發出「嘰……」的金屬摩擦聲。

「原來你在這裡啊，望太。」

這麼說著而現身的人是優。

他或許是瞥見蒼太在下課後隨即離開教室，所以擔心地跟過來看看吧。

「……你不冷嗎？小心又感冒喔。」

「很冷……快凍僵了……」

「那就進來室內啊……你怎麼啦？」

「發生了……一點事情……」

「跟春輝之間的問題？」

蒼太抱著自己的雙腿，輕輕點了點頭。

冷靜下來想想，自己昨天做的那些事，真的超級令人難為情。

（那樣的行為……不管怎麼辯解，都只是在嫉妒而已啊……）

name6
～名字6～

在他垂著頭的時候，春輝大聲呼喚「望太～！」的嗓音傳來。

大門猛地被人打開的聲響，讓蒼太的肩頭輕輕震一下。

「真遺憾。看來是春輝先耐不住性子嘍。」

優聳聳肩這麼說。

直接朝蒼太走來的春輝，眉心有著因不悅而擠出來的深刻皺紋。

蒼太隨即站了起來，就這麼轉過身想要逃跑。

但優一把揪住蒼太的衣領，將他拖回原地。

或許是希望蒼太跟春輝把話講開吧，一語不發的優以眼神對蒼太施壓。

（就……就算你要我這麼做……）

蒼太戰戰兢兢地望向春輝，發現站在自己面前的春輝雙手扠腰。

「望太，我話說在前頭，早坂可不是我弄哭的喔！」

「我……我知道啦。」

春輝沒有錯。這是蒼太個人的心境問題。

「真要說起來，還不是因為你忘記把畫還給早坂……我只好幫你跑一趟了啊！」

聽到春輝這麼說，跟著回想起來的蒼太不禁「啊！」了一聲。

（對喔～！我還沒把畫拿去還給燈里美眉呢。）

因為腦子裡面盡是小說投稿的事，蒼太壓根忘了這件事。

「……早坂也有很多煩惱吧，例如大考之類的。你想點辦法啊，望太！」

「要是能為她做點什麼的話，我早就做了！可是，就憑我……」

將想法化為言語說出口的瞬間，蒼太感到自己很沒用，默默地雙手握拳。

「燈里美眉……想要傾訴的對象，是春輝啊……除了春輝以外，沒人能明白她的心情了。」

沉默著聽完蒼太的發言後，春輝將視線移向頂樓的鐵絲網外頭。

「說得也是……早坂或許跟我很像吧。所以我能明白她的感受。」

（春輝他……果然……也……）

「無論何時……無論在什麼情況下，都有個總是一如往常地陪伴在身邊的人。因為這樣，自己才能毫不迷惘地在想走的那條道路上前進。」

聽到春輝接下來的這段話，蒼太緩緩抬起頭。

春輝的嗓音很平淡，比起對誰訴說，感覺更像是在自言自語。

「我跟早坂這類人最需要的，就是那個『某人』啊……」

語畢，春輝將視線移回蒼太身上，以帶著幾分落寞的笑容表示：「或許吧……」

「春輝……」

「既然明白了，就快點去找早坂，把話說清楚！」

輕輕推了蒼太的腦袋一下後，春輝便快步返回校舍。

「好啦，回去吧，望太。」

優朝蒼太淺淺一笑，接著也跟上春輝的腳步。

「嗯……」

蒼太輕輕點頭，望向春輝方才眺望的鐵絲網外頭。

他凝望著被烏雲籠罩的天空，將嘴唇抿成一直線。

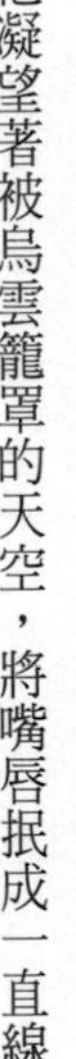

name6
～名字6～

（無論何時……無論在什麼情況下，都能一如往常地陪伴在身邊的……某個人……）

「……我很害怕……」

在美術教室外頭聽到的燈里的聲音，在蒼太的耳畔縈繞不去。

那一刻，總是滿面笑容的她，露出了極為脆弱的表情。

獨自留在教室裡的蒼太，一直回想著昨天在美術教室發生的事情。

現在的時刻接近六點，所以還留在校舍裡的學生也很少。

已經聽不到其他人的談話聲，或是在走廊上奔跑的腳步聲了。

不知不覺中，宛如正在熊熊燃燒的夕陽占據了窗外的天空，將整間教室染紅。

蒼太坐在座位上，將手扶上自己的額頭。

「我就不行嗎……」

這樣的輕喃從他口中流瀉而出。

（跟我說吧。我會聽妳說的……無論妳想說什麼，我都會聽。）

無論是內心的煎熬或煩惱，我都會聽妳說。

（我不想讓妳哭。我想讓妳展露笑容。）

不是表面上的笑容，也不是強顏歡笑。

（我真的……真的很想讓妳露出笑容啊……）

一如蒼太在開學典禮那天看到的、閃閃發亮的笑容。

他希望她能露出像那天的笑容。

「早坂燈里……」

蒼太的嗓音迴盪在靜謐的教室裡。

無論何時，浮現在腦中的，總是燈里的身影。

不經意地將視線移向一旁，蒼太發現燈里就蹲在那裡，一臉感到不可思議地仰望著自己。

一雙被夕陽染成相同色彩的眸子閃閃發光。

若是呼喚燈里的名字，她會——

「什麼事？」

像這樣回答自己嗎？

（燈里美眉……）

蒼太凝望著她，然後下意識伸出手。

她明明不可能出現在這裡——

觸及燈里略微冰冷的肌膚後，蒼太像是要溫暖她那樣捧住她的臉頰。

無論是她看起來很開心的笑容、有些在開玩笑的表情、呼喚自己名字的嗓音、微微歪過頭的舉止、挑選蛋糕時煩惱的表情，以及在思考時用手指將髮梢捲起的習慣，他全都喜歡。

（只是道出妳的名字，看吧……）

蒼太將燈里好奇地望著自己的身影收在眼底，緩緩朝她露出微笑。

「我又變得更加喜歡妳了。」

蒼太原本只是想這麼自言自語而已。

他完全沒想到燈里會真的出現——

回過神來時，他發現眼前的燈里吃驚地瞪大雙眼。

他將視線移向感受到熱度的掌心，發現自己的手仍捧著燈里的臉頰。

「唔哇啊啊啊！」

大吃一驚的蒼太隨即抽回手。椅子因為他的動作而發出「喀噠！」一聲巨響。

（她什麼時候來的？）

「！」

燈里雙肩跟著一顫，然後像是全身虛脫那樣垂下頭。

（咦！咦！為……為什麼……燈里美眉會！不對，我剛才，好像說了什麼很不得了的

話……呃，我到底在做什麼啦——！」

「不……不……不是的！」

蒼太舉起雙手，驚慌失措地猛搖頭。

「這是……因為……那個……！」

他腦中一片空白，說不出半句話。

就連心臟也像是跟著焦急起來，怦通、怦通地猛力狂跳。

這時，燈里突然站了起來，讓蒼太跟著回神。

下一刻，燈里轉身朝教室大門跑去。

「啊！」

蒼太也忍不住從座位上起身。

「早坂同學！」

他焦急地開口呼喚，但燈里並沒有回過頭。

只是背對著蒼太，像是逃跑那樣離開了教室。

蒼太茫然聽著燈里逐漸遠去的腳步聲。

在教室恢復原有的寧靜後，有一段時間，他仍在原地無法動彈——

「什麼都沒有改變……」

距離結業典禮愈來愈近的某天放學後，蒼太獨自一人靠在階梯的昏暗角落牆面上。

學弟妹們一邊天真談笑一邊走上階梯。

蒼太的輕喃和嘆息聲，就這樣被他們的說笑聲淹沒。

儘管在自動販賣機買了一罐飲料，他卻完全沒有想喝的慾望，只是緩緩放下手。

無論是喜歡上燈里、忍不住用雙眼一直追尋她的身影、待在她身旁，就會想要觸碰她——這些全是蒼太無法掩飾的真正感受。

看到燈里和其他男孩子在一起的光景，總會讓他嫉妒不已。

蒼太滿腦子想的都是她。面對這種無可救藥的戀慕，連自己都感到傻眼。

name6
～名字6～

至於告白的回覆，他也一直都——

蒼太感覺胸口有些苦澀，就這樣倚著牆面癱坐下來。

他重重吐出一口氣，然後抬頭仰望天花板。

（噯，燈里美眉。我該怎麼做才好？）

燈里像是受到打擊般逃出教室的背影，一直無法從他的腦中消失。

「……望月同學？」

聽到這個有幾分顧慮的呼喚聲，蒼太轉過頭。

從階梯扶手處探出頭的人是美櫻。

「啊……合田同學……！」

蒼太慌忙起身。

「合田同學，妳現在要回家了嗎？啊，還是說妳在找夏樹跟燈……」

正打算道出的這個名字，讓蒼太的心臟猛地抽動一下，他也不禁噤聲。

接著，蒼太將視線移向腳下。他很難繼續堆出笑容。

「……跟早坂同學？」

「不，我是要去教職員辦公室一趟。」

這麼回答後，美櫻走下階梯來到蒼太身邊。

「望月同學你呢？」

「……我過來這邊買飲料。」

蒼太將手上的利樂包拿給美櫻看。

「你有事情要找燈里嗎？」

「咦！也不是這樣……好像沒有，又好像有……」

最後，蒼太像是決定投降那樣嘆了一口氣。

「……我看起來像是滿腦子都是早坂同學的感覺嗎？」

「……看起來是喲。」

在自動販賣機買飲料的美櫻輕笑一聲回答。

從取出口拿出利樂包後，她來到蒼太身旁，跟他一起倚牆站著。

（我好像稍微能理解春輝喜歡合田同學的理由了呢……）

儘管明瞭很多事情，但美櫻仍只是靜靜地陪伴他人。

（感覺會被她治癒呢……）

那樣的春輝，每天跟美櫻肩並肩一起回家時，都會聊些什麼呢？

試著想像這樣的光景後，蒼太的嘴角不自覺浮現笑意。

不過，他已經很久沒有看到這兩人一起回家了。

不知不覺中，春輝跟美櫻之間出現了一段距離。這一點蒼太也有察覺到。

然而，春輝似乎不喜歡別人提及這件事，所以蒼太沒有問過他對美櫻抱持著什麼樣的想法，也不知道美櫻本人是怎麼想的。

（燈里美眉好像也很想為這兩人做點什麼……）

在這方面，蒼太也有著相同的想法。

然而，這是春輝跟美櫻兩個人的問題，其他人不應該插手。

要是不小心做了多餘的事情，可能會讓這段關係變得有如產生裂痕的玻璃，稍微碰一下就徹底碎裂。現在，那兩人或許正處於這樣的狀態。

春輝會在畢業的同時出國留學。屆時，他跟美櫻之間的戀情會何去何從呢？

雖然不願意看到這段感情就此結束，但畢竟不是每一段戀情都能迎向美好結局。

美櫻不會覺得難受嗎？

跟喜歡的人分隔兩地。無論再怎麼喜歡對方，那個人都會去到自己伸手無法觸及的地方。這種事——

（我絕對會很難受……光是想像，就覺得煎熬不已了……）

蒼太跟美櫻一樣，只剩下直到春天降臨為止的短暫時間。

他們倆都還無法描繪出未來的藍圖。

感覺燈里彷彿離自己愈來愈遙遠，讓蒼太焦慮的心情不斷膨脹。

直到現在，他依舊很拚命。他想追上燈里。想拉住她，讓她留在自己身旁。

美櫻會不會也是如此？

她是否一直壓抑著這樣的想法，裝出若無其事的表情微笑呢？

（合田同學真的好厲害啊……）

茫然思考著這些的時候，美櫻以一句「燈里她呀……」開口。

「昨天，我到美術教室去的時候，看到她一臉開心地畫畫呢。我總覺得很久沒看過那樣的燈里了。」

「……她平常不是這樣嗎？」

「開心地畫畫……真要說的話，或許有點不一樣吧。」

燈里平常在美術教室裡作畫時，臉上究竟帶著什麼樣的表情，這點蒼太並不清楚。委託蒼太擔任素描模特兒時，燈里是以相當認真的表情，專心致志地動筆。

所以，聽到美櫻這麼說，蒼太感到很意外。

「因為燈里好像也有些迷惘。在決定報考美術大學後，她就一直很努力，努力到讓人擔心會不會有點過頭的程度。可是，昨天的燈里呀……給人一種她樂在其中的感覺呢。」

「這樣啊……」

（或許是想開了吧～）

想起燈里在美術教室裡落淚的模樣，蒼太微微瞇起雙眼。

比起傷心哭泣，她開心的樣子絕對要來得更好——

美櫻撐起倚著牆面的身子，轉身望向蒼太。

「我想，這應該是望月同學的功勞喲。」

「咦……我嗎？」

「一定是這樣。」

笑著這麼表示後，美櫻以「那我走嘍」向蒼太道別，朝教職員辦公室走去。

目送她遠去後，蒼太以落寞的表情開口輕喃：

「這是不可能的……合田同學……」

（我一定是……）

離開學校，來到車站附近的廣場後，巨大行道樹已經被裝飾成聖誕樹的模樣。

太陽下山後，上頭的裝飾燈串便會點亮。班上也有許多同學在討論這件事。

至於有著拱形屋頂的商店街，座落在兩旁的商店，也紛紛以紅色、綠色、金色或白色等聖誕節的色彩來妝點櫥窗。被這樣的店家包夾的蒼太，垂著頭沮喪地走在街道上。

讓他停下腳步的，是一名跟自己穿著相同制服的男學生。

而且對方還是蒼太熟識的人——濱中翠。

翠將額頭和雙手緊貼在玻璃櫥窗上，一邊發出呻吟聲。

「翠？你……在幹嘛？」

蒼太忍不住上前搭話，結果翠猛地轉過頭來。

「唔……唔哇啊啊！望……望……望……望太，你幹什麼哩！」

（這個問題是我先問你的吧……）

不知道在顧忌什麼，翠顯得格外慌張，還後退了幾步。

（他剛才在看什麼啊？）

蒼太正想望向櫥窗一探究竟時，翠突然一下子逼近他的跟前，然後以雙手「啪！」一聲夾住他的臉頰。

「等……你做什麼啊！」

「望太……你來得正好！我得救哩。」

說著，翠走到蒼太身旁，一把攬住他的肩頭。

「你現在有空嗎？有空對吧？你看起來就很有空嘛～！散發出一種大閒人氣場哩！」

「不不不，我才沒有那種氣場！我現在正準備回家，然後……呃……然後看外國的連續劇啊！」

「是嗎是嗎～所以你很閒嘍～好，那咱們走吧！」

「要去哪裡啊！」

「這還用問嗎？去買東西啊，買東西！你應該也有什麼要買吧，望太？」

「我……我沒有要買東西……」

「啥？沒有？這怎麼成哩。你得帥氣地送個禮物給早坂，展現出自己大方帥氣的一面啊！」

說著，翠敲了蒼太的胸口，蒼太的喉頭跟著發出「咕！」的詭異聲音。

「比……比起這個，你要買什麼啊，翠？也是買禮物？」

這麼轉移話題後，原本壓在蒼太肩上的重量突然消失了。

翠往後退一步，不自然地移開視線，還吹起了口哨。

（他是要送禮物給別人嗎……話說回來，送給誰啊？翠有喜歡的人嗎？）

雖然看起來是這副德性，但翠其實挺受女孩子歡迎。自從在秋天的文化祭上，以輕音社成員的身分上台表演後，他的女性粉絲就變得更多了。

在蒼太看來，站在舞台上熱唱的翠，看起來確實相當炫目，比平常帥氣個十倍。

（還是他已經跟某人在交往了？應該不可能吧……）

蒼太沒聽說過這樣的傳聞，而翠本人也沒有表現出跟誰在交往的言行舉止。

（而且也沒聽春輝說過嘛～）

「啊～哎呀，就是……說到聖誕節……就是那個嘛！」

翠裝模作樣地清了清嗓子，想要蒙混帶過蒼太的問題。

「那個？」

「其實啊～望太……我只跟你說哩。絕對、不可以、告訴別人喔！」

「嗯……嗯……什麼事？」

看到翠認真的表情，蒼太也不禁繃緊神經。接著，翠緊緊揪住他的雙肩開口。

「其實啊……我的真正身分是聖誕老人哩。我的祖父和曾祖父都是正統的聖誕老人。可是，哎呀，就年紀到了嘛。所以，從今年開始，我就要肩負起把愛、希望和禮物送給孩子們的責任哩。啊，這件事你真的要保密喔。」

「咦咦咦～！原來是這樣嗎！……哪可能啦！」

蒼太以吐嘈反擊，拍了翠的胸口。後者露出得意的笑容。

「喔，望太，吐嘈得不錯哩。要跟我搭檔嗎？因為春輝就要去美國了嘛～少了能吐嘈我的伙伴，感覺很寂寞哩。」

「是你的話，就算單打獨鬥也沒問題啦。那就這樣……」

正當蒼太打算匆匆離去，翠一把抓住他的圍巾。被勒緊脖子的蒼太發出「嗚咕！」的呻吟聲。

「那就這樣，咱們走吧，望太～」

（咦咦咦咦————！到最後還是變成這樣了嗎～！）

於是，蒼太就這樣被滿面笑容的翠拖走了。

name6
～名字6～

之後，他大概被翠抓著到處晃了兩小時了吧。

感覺雙腿已經疲軟不已的蒼太，伸手拉住走在前方的翠的外套。

「噯……翠，差不多該回家了吧？太晚了啦。」

他已經搞不清楚究竟逛了幾間店，太陽差不多也要下山了。

「咱們只吃了章魚燒而已吧？什麼東西都還沒買到，怎麼能就這樣回家哩！」

翠有些意氣用事地踏進一間又一間的店面，但似乎都找不到自己想要的東西，只是整間店逛過一圈後，就馬上步出店內。

「我說，你到底在找什麼啦？不知道自己要買的東西是什麼，只是這樣到處亂逛的話，也沒有意義啊。」

「就是……能在瞬間牢牢抓住我的心的東西啦。牢牢抓住！」

看到翠再次踏入另一間店裡，蒼太無奈地跟了上去。

看來，得等到翠心滿意足之後，他才能被解放了。

踏進這間店之後，蒼太發現裡頭有很多放學後繞過來購物的女學生。

或許是因為這間店的主力商品是少女服飾吧。兩個男孩子出現在這種地方，實在格外引人注目。不時瞄向他們的視線，讓蒼太坐也不是站也不是。

「那個啊……翠……我可以在外面等……」

「就是這個……！」

聽到翠的自言自語，蒼太轉頭望向身旁，發現他雙眼直盯著一頂毛線帽。

「咦？是很可愛啦，可是……難道是你自己要戴嗎，翠？」

「說什麼傻話哩。我怎麼可能戴這個啊！」

「說……說得也是喔～……那你是要送給誰啊？」

若是翠想自己戴，這頂毛線帽的尺寸也未免太小了。更何況，不管怎麼看，這都是設計給女孩子戴的東西。

「就……就是……那個啦，要……要送給我老媽！」

翠將臉轉回，以認真的表情這麼說道。

「咦！買給伯母的？」

「對啊，是買給我老媽的禮物……」

「可是，翠……這頂帽子，上面還有熊耳朵耶！」

蒼太戰戰兢兢地交互望向毛線帽和翠的臉。

「我老媽很喜歡動物圖案的東西哩……她在家都會穿著豹紋的衣服。」

「哦……哦……這樣啊……」

翠或許也有自己的苦衷吧。感覺不要繼續深究下去會比較好。

「我去結帳。這個拜託你哩！」

翠將自己的書包一把塞給蒼太，後者只好以「啊，嗯」回應後接下。

翠走向收銀台，將毛線帽遞給女店員。

「我要送人！」

大聲這麼表示後，翠又帶著難為情的表情補充了一句：「請……請幫我包裝得可愛一點……」

在翠請店員幫忙包裝禮物時，蒼太走到店外等待。

從開著暖氣的店裡走出來之後，外頭的空氣果然感覺更刺骨。蒼太微微顫抖，伸手按

住脖子上的圍巾。

「好冷……」

今晚或明天應該就會下雪吧。他這麼想著，抬頭仰望夜空。

（聖誕節禮物……是嗎……）

片刻後，手中拎著紙袋的翠推開大門走了出來。

「能找到這東西，都是託你的福哩，望太。我一定、一定！會報答你！」

心情大好的翠猛地拍了蒼太的背一下，讓他有些踉蹌。

換做是平常，蒼太應該會鼓起腮幫子，不滿地以「你喔～！」開口抱怨。

不過，因為翠臉上的表情實在是太開心了，讓蒼太不忍叨唸他什麼。

「希望對方收到會開心。」

聽到蒼太這麼說，翠「喔！」地露齒燦笑。

雖然不知道翠要把那頂毛線帽送給誰，不過，想必是他很珍惜的人吧。

為了那個人，他四處亂逛、尋找、終於找到適合的禮物後，再稍微鼓起勇氣請店員包

裝成禮物。

因為想看見對方開心的表情——

（啊啊，真好……）

想讓某人露出開心的表情——這樣的對象，蒼太其實也有。

感到有些心痛的他微微垂下眼簾。

浮現在自己腦中的笑容，永遠都是那個人——

跟翠道別後，蒼太眺望著被五顏六色的燈光籠罩的街景，慢慢走在街上。

空中滿布著厚重的雲層，耳熟能詳的招牌聖誕歌迴盪在街上。

或許有人在廣場街頭演唱吧。

從玻璃櫥窗外頭走過時，蒼太的視線不自覺地落在某個人型模特兒身上。

模特兒的頸子上圍著一圈看起來澎鬆又暖和的白色圍巾。

（這感覺很適合燈里美眉呢～）

蒼太停下腳步，茫然注視著那條圍巾。

送她這條圍巾的話，燈里會露出什麼樣的表情呢？
會因此開心嗎？
還是說，不是心儀對象送的禮物，只會讓她困擾而已？

就算是聖誕節，也不見得就會有奇蹟發生。
蒼太並不期待看到像電影或小說裡那種幸福美滿的結局。
他只是想看到她的笑容而已——

於是，蒼太下定決心打開入口大門，踏進店內。
女店員以「歡迎光臨」迎接他。
「不好意思，我想要……外面櫥窗裡的那條圍巾！」

（這樣就可以了……）

name6
～名字6～

「我回來了～！」

回到家後，蒼太脫下鞋子，匆匆走向階梯。

雖然想馬上躲進自己位於樓上的房間裡，但客廳大門仍很不巧地打開。

跳出來的人，是歲數和蒼太相距甚遠的妹妹。

「蒼太～！歡迎回來～！」

妹妹活力百倍的嗓音，讓蒼太心驚了一下。他連忙將包裝好的禮物藏到身後。

犀利地察覺到這一點的妹妹，指著他發出「啊啊啊——！」的高聲吶喊。

（就是因為這樣，我才不想被發現啊～～！）

「那是什麼？禮物？聖誕節禮物？給誰的～？」

「沒……沒……沒有要給誰啦！」

「哦～……真是可疑……」

說著，妹妹開始朝蒼太逼近。

（我……我得設法轉移她的注意力才行……）

「啊～！對了，我的布丁還在冰箱裡呢！妳拿去吃吧！」

「布丁～！」

妹妹的雙眼瞬間發亮。不過，這樣的反應只維持了一瞬間。

「那個已經沒嘍。」

「咦！為什麼？」

「我想說你不吃，所以就幫你處理掉了。收進我的肚子裡！」

妹妹一臉得意地豎起大拇指解釋。

「這……這樣啊……」

蒼太全身無力地回應。

（我早就知道會這樣……雖然是無所謂啦……）

「所以，那是給誰的禮物？難道……是女朋友？」

「妳……妳在說什麼啊！」

name6
～名字6～

蒼太慌慌張張否定後，客廳那頭也傳來「咦～什麼～女朋友～～？」的嗓音。

（嗚哇，姊姊也回來了嗎！）

而且，她手上還拿著啤酒罐，看起來完全是「喝High了」的狀態。

「把對方帶回來吧～～！」

（誰理妳啦！）

蒼太連忙轉身，打算趁現在逃跑。

「蒼太！」

雙手扠腰的妹妹直接以名字呼喚他。

「不是說好如果交了女朋友，要告訴我們嗎！」

「不是啦！」

蒼太忍不住以強硬的語氣否定。

之後，他再次輕聲重複「不是……」這句話。

（她不是我的女朋友……）

想起燈里的面容，蒼太的胸口再次傳來陣陣刺痛。

name7 ～名字7～

呆——……
燈里～!!!
那是要給誰的!!?
男生～!?
是男生嗎!!?

何時拿給他呢……
我的燈里有男人了——!!!
嗚哇啊——

name 7 ～名字７～

放學後，獨自留在美術教室裡的燈里，握著鉛筆在素描本上作畫。

她所描繪的，是那天一個人坐在教室裡的蒼太的背影。

「早坂燈里……」

染成一片橘紅的教室裡，蒼太輕輕道出燈里的名字。

這個呼喚聲鑽進燈里的胸口，她像是被吸引似的踏進教室。

『怎麼了？』

原本想這麼問，但蒼太似乎陷入了沉思，即使燈里靠近也渾然不覺。

燈里在蒼太的桌旁蹲下，以手攀著桌面，從下方抬頭仰望他。

name 7
～名字7～

被靜謐和夕陽餘暉籠罩的教室裡，現在只有這兩人——

「什麼事？」

試著緩和氣氛而這麼開口，蒼太望向燈里。

換做是平常，蒼太八成會做出誇張的驚嚇反應，接著兩個人笑成一團。

然而，這天的蒼太，卻只是凝視著燈里，然後伸出手。

他的掌心輕輕包裹住燈里的臉頰。

「看吧……我變得更喜歡妳了。」

看到蒼太溫柔的笑容，燈里的心臟「怦通」地重重跳了一下。

為了逐漸加快的心跳而困惑的同時，燈里瞪大雙眼。

而蒼太也在這時回過神來——

「嗚哇啊啊啊！」

他吃驚吶喊而抽回手的瞬間，燈里的身體也一下子變得無力。

要是沒攀著桌面，她恐怕會直接癱坐在地吧。

感覺臉頰發燙不已的她，不願讓蒼太看到這樣的自己，於是屏息低下頭來。

蒼太慌慌張張地大喊：「不……不……不……不是的！」

明明一如往常地開玩笑帶過就好了。

燈里連這麼做都沒辦法，雙手在胸前緊緊握拳，便飛奔離開教室。

「早坂同學！」

蒼太不知所措的呼喚聲從後方傳來——

就這樣衝出校舍之後，眼前這片世界徹底吸引了燈里的雙眼。

閃閃發光、美麗到足以令人落淚的金色天空。

她伸出手，金色的光芒從指縫間灑落。

（啊啊，原來就是這個……）

填滿內心的感動，讓燈里不自覺展露笑容。

name 7
～名字7～

她內心所描繪出來的「戀愛」的顏色，現在就在眼前——

接著，燈里隨即返回校舍，前往美術教室。

不知為何，她此刻好想畫畫。

無論是黃昏時分的天空顏色、風景，或是滿溢在胸口的這股溫暖心情。

她想要把這些全都收進畫布裡——

從那天開始，熱度便一直留在燈里的體內。

若是試著回想，就會感覺有些揪心又苦澀。

（為什麼呢……？）

她試著這麼詢問素描本裡的蒼太。

為什麼她會有這樣的感覺呢？明明只是被對方呼喚了名字而已。

光是這樣，心跳聲就變得格外響亮。

她好希望蒼太能告訴自己答案。

「燈里～」

突然傳來的呼喚聲，讓燈里抬起頭來。

夏樹和美櫻從美術教室外探頭望向她。燈里向這兩人露出笑容。

「小夏、美櫻，怎麼了？」

「我想跟美櫻去買東西，妳要不要一起來？」

聽到夏樹這麼問，燈里以手指抵著下巴，「嗯～」地猶豫了半晌。

「走嘛，有時也需要透透氣啊。對吧，美櫻？」

「嗯。燈里，妳現在會很忙嗎？」

「我們還會去吃蛋糕喔～」

在兩人的邀約下，燈里闔上素描本，以「那……我們走吧」回應。

燈里拎著書包起身，關掉美術教室的電燈，來到走廊上。

三人肩並肩前進的時候，夏樹望向燈里揣在懷裡的素描本問道：

「妳剛才在畫什麼？」

「祕密。」

燈里以食指抵著嘴唇，笑著這麼回答。

離開學校後，燈里等人前往車站附近的商店街。

逛完美術材料行和手工藝品店後，三人被玻璃櫥窗裡的可愛外套吸引，於是決定入內逛逛。

美櫻和夏樹試穿時，燈里在店內隨意閒晃。

隔壁似乎也有販售男性服飾用品。

看到櫃子上的圍巾，燈里決定走近瞧瞧。

（這個……好像很適合望月同學。）

將手伸向格子圖案的圍巾時，傳來一道「您喜歡這個嗎？」的詢問聲。

一名男店員來到燈里身邊。

「要送人的嗎？」

「沒……沒有……我只是看看……」

燈里縮回手，快步離開現場。

（畢竟，我又不是他的女朋友……）

儘管這麼想，燈里仍然很在意那條圍巾，不禁再次望向那個櫃子。

蒼太擔任過她的素描模特兒，也經常幫她的忙。

所以，燈里希望可以——

像夏樹或美櫻那樣自己打毛線圍巾，恐怕太困難了。

燈里雖然很會畫畫，但手並不算巧。以前有請美櫻教她打毛線，但老是失敗，燈里因此判斷自己恐怕不擅長手作，所以中途就放棄了。

也因為這樣，看到即使不擅長打毛線，仍願意為了優挑戰的夏樹，燈里其實有點羨慕。

想共度聖誕節、想送特別禮物的對象，像這樣重要的某個人——

燈里望向掛滿裝飾的櫥窗外頭的街景。

「看吧……我變得更喜歡妳了……」

回想起蒼太這句話，燈里將手撫上自己的臉頰。

好希望他能像那樣再次呼喚自己的名字。

好希望他能再次輕撫自己。

一顆心一直都飄飄然的。回過神來，發現自己總是在思考蒼太的事。此刻亦是如此。

現在，蒼太人在哪裡，又在做些什麼呢？他還在學校裡嗎？

或許，他正在跟春輝還有優三人一如往常地待在電影研究社的社團教室裡，忙著創作電影吧。又或許已經回到家，再次埋頭寫小說？

蒼太這樣的身影浮現在眼底，讓燈里嘴角上揚。

（好想見他喔……）

她想看到蒼太的臉，想跟他說說話。

然而，在結業典禮之後，寒假會緊接而來。到時候，燈里也得準備考試，恐怕很難跟蒼太見到面。

她走回剛才的櫃子前，取下了格子圖案的圍巾。

雖然也看過其他圍巾，但燈里總覺得還是這條最適合蒼太。

（嗯……果然是這一條好……）

她捧著圍巾，踩著有些緊張的步伐走向收銀台。

剛才那名男店員在櫃臺後方處理其他事務，他露出「哎呀？」的表情。

「那……那個……請幫我包裝成禮物！」

將圍巾放上桌面這麼開口後，店員露出微笑，又補充問了一句：「要幫您加張小卡片嗎？」

店員將寫著這行英文的小卡片拿給燈里確認。

「Merry Christmas」。

猶豫了半晌後，燈里點點頭。

店員將卡片和圍巾一起放進紙盒裡，在外頭打上蝴蝶結。

接下裝著盒子的紙袋後，燈里有種心跳加速的感覺。

（不知道望月同學會不會開心？）

燈里在腦中想像蒼太露出靦腆笑容的模樣，以雙手環抱住紙袋。

（希望他收到會開心……）

跟夏樹和美櫻道別後，天色已經完全轉暗了。

走在回家路上的燈里，腳步比往常格外輕盈又充滿活力。

她將紙袋揣在懷裡，輕輕哼起聖誕歌曲。

「我回來了！」

燈里打開玄關大門，一邊這麼開口，一邊踏進家中。

她脫下鞋子走向客廳，發現姊姊也已經回到家。

「難得看到妳這麼晚回來耶～燈里。」

「嗯，我剛才跟小夏還有美櫻去買東西。」

「這樣啊～咦……燈里，妳……妳等一下！」

原本坐在沙發上的姊姊，慌慌張張跑到燈里身旁。

被她一把揪住肩頭的燈里不禁圓瞪雙眼。

「妳手上的紙袋……是車站附近的店對吧？那間新開的店！」

「嗯，那間店有好多可愛的衣服喲。」

「就是那間！但妳手上的……難不成……是男用？」

「咦？」

「是男用的沒錯吧！妳買了什麼？」

「啊……圍巾……」

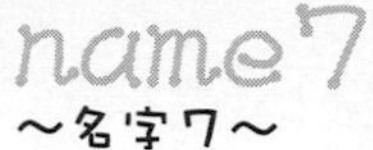

「圍……圍……圍巾——？」

姊姊做出極度誇張的吃驚反應，用力搖晃燈里的雙肩。

「燈里～！妳這是要送給誰的？男生～？是男生嗎！」

（……對喔，這是我第一次送男孩子禮物呢……）

燈里愣愣地回想起蒼太的面容。

（我又不是他的女朋友，這麼做說不定會讓他反感呢……）

「我的燈里有男人了～！嗚哇啊～」

燈里無視姊姊大受打擊的反應，以食指抵著下巴思考。

（何時拿給他呢……）

走回自己的房間後，燈里關上房門。

明天是一年一度的聖誕夜。就算是必須準備大考的高三生，基本上也會跟朋友約好一起出去玩。

（望月同學……會不會已經被別人約走了呢？）

一抹不安閃過胸口，讓燈里心驚了一下。

（畢竟他很受學妹歡迎……）

燈里回想起曾幾何時，美術社的學妹們聊蒼太的話題聊得很起勁的那段回憶。

為了畢業製作的電影要使用的畫作，蒼太曾屢次造訪美術教室，似乎也因此和學妹們聊過幾句。

「望月學長他……該怎麼說呢，感覺很可愛耶！」

「啊，我懂～！」

在中庭寫生時，學妹們這樣的對話傳入燈里耳中。她一邊為眼前的畫作進行最終階段的修飾，一邊悄悄鼓起腮幫子。

『望月同學才不是可愛呢，是帥氣……』

她好想這麼說出來——

name 7
～名字 7～

蒼太很可靠，也總會在她有困難時伸出援手。

無論燈里說什麼，他都聽得很開心。

那些學妹想必不知道蒼太這樣的一面吧。

他害羞時的笑容，還有認真思考時顯得有些成熟的側臉。

以及——觸碰燈里的掌心的熱度。

（這是只有我才知道的望月同學呢……）

她不想把這樣的蒼太告訴其他人。

這樣的感情，就叫做「嫉妒」嗎？

感覺臉頰微微泛紅的燈里，將視線移向手中的紙袋。

✦

隔天放學後，燈里收拾完擱置在美術準備室裡的個人物品，便匆忙趕回教室。

因為學妹們請她幫忙審視畫作，耽擱到比較晚。

（……不知道望月同學還在不在？）

想讓蒼太大吃一驚、又想看到他開心表情，燈里從今天早上開始，心情就雀躍不已。

就連現在，心跳聲似乎也變得比較響亮。

「早坂燈里……」

在放學後的教室裡，蒼太以加倍呵護的語氣道出燈里的名字。

或許是因為這樣吧，每當回想起這一幕，燈里的心跳就變得劇烈不已。

來到教室外頭後，燈里深呼吸一口氣，讓心情變得平靜一些，再將手伸向大門。

原本打算開口呼喚蒼太的名字，但她發現教室裡空無一人。

燈里緩緩闔上嘴，望向蒼太的座位。

那天、在那個座位上，他是懷著什麼樣的心情呼喚燈里的名字呢？

name 7

～名字 7～

「望月……蒼太同學……」

試著道出他的名字後，燈里感覺胸口湧現幾分苦澀的感覺。

（噯，望月同學。這樣的心情，就是戀愛嗎？）

燈里在心中這麼詢問不在場的蒼太。

倘若是這樣的話——

（……我該怎麼傳達給他呢？）

燈里步出教室，回到走廊上尋找蒼太的身影。

但她遲遲沒能找到人，也沒聽到對方的聲音。

明明想要馬上見到他——

（噯……在哪裡……你在哪裡呢？）

來到階梯下方時，一個「早坂？」的呼喚聲讓燈里停下腳步。

她抬起頭，發現春輝正走下階梯。

他的身邊不見蒼太或優的蹤影，看起來是一個人，

「芹澤同學……請問……你知道望月同學人在哪裡嗎？」

「望太？我剛才看到他準備要回去了……妳現在追上去的話，應該還來得及吧？」

「啊……謝謝你，芹澤同學。」

快步走下兩層階梯後，燈里停下腳步，轉身望向春輝。

「芹澤同學。」

聽到燈里呼喚自己，將手擱在階梯扶手上的春輝望向她。

「之前，在美術教室那件事……我很抱歉。」

「噢……不，沒事啦……話說回來，妳的問題解決了嗎，早坂？」

燈里垂下視線，以「這個嘛……」回應春輝的提問。

無論是關於考試，或是未來的事情，她心中的不安和迷惘都未曾消失。不過——

name 7
～名字7～

「現在，我不像那時候那麼害怕了。」

無論在什麼時候、在何種情況下，都能笑著對自己說「不要緊」。

因為有這樣的人陪在身邊，人們才能夠確實朝前方邁進，不至於迷失自我。

即使得跟那個人分隔遙遠的兩地。

即使無法見到面。

對方的存在，仍能夠支撐自己快被壓垮的心。能夠從後方推自己一把。

正因如此，人們才會變強——

（芹澤同學也是這樣吧。）

燈里感覺自己終於明白了這一點。她朝春輝露出笑容。

春輝的表情先是有些驚訝，之後又慢慢變得溫柔。

「這樣啊……」

「再見，芹澤同學。」

和春輝道別後，燈里步下階梯。

name 7
～名字7～

校舍時鐘的指針，已經指向五點過後的時間。

燈里抬頭仰望昏暗的天空，發現雪片靜靜地飄落。

落在她發燙的臉頰上，細雪隨即化開。

準備離開學校的學生們開心談笑的聲音傳入耳中。

（你在哪裡？）

燈里試著尋找出現在某處的蒼太的嗓音。

一如往常地以「早坂同學」呼喚她的那個嗓音——

「戀愛是什麼？」

「喜歡是什麼？」

一直無法明白，所以持續追尋的答案。
此刻卻變得如此清晰明瞭。
儘管沒有實體，也無法觸及，仍確實存在於自己的胸中——
同時不斷閃閃發光。
（原來，這樣的心情也存在於我的內心呢。）
想起蒼太的面容，燈里的嘴角揚起笑意。
一股溫暖而令人舒適的熱度，從胸口慢慢擴散開來。

現在，她好想馬上見到蒼太。好想見他，呼喚他的名字。
把圍巾送給他，然後一起去吃蛋糕。
哪一間店的蛋糕比較好呢？
今天是難得的聖誕夜，就吃最美味的那款蛋糕吧。
兩人一起吃蛋糕，一如往常地閒聊，然後——

對於蒼太的告白，燈里一直沒有給予明確的回應。

事到如今才發現自己的心意，然後打算回覆他，會不會太遲了呢？

（噯，望月同學……你還願意等我嗎？）

（你還願意……喜歡這樣的我嗎？）

name 7
～名字7～

燈里一直有個夢想。

要是有了喜歡的人，她想跟對方牽手。

想跟他一起去吃蛋糕、一起聊天，然後在聖誕節時送對方禮物。

有時用名字稱呼彼此，然後心跳加速。

有時吃對方的醋，或是對方吃自己的醋。

她想談一場這種任何人都會經歷的普通戀愛——

然而，這樣的戀愛一直和燈里無緣。就算被男孩子約出去告白，她也覺得沒有真實感。

憧憬著戀愛的每一天——

無法談戀愛的她，只能和朋友嬉鬧度日。

「告訴我讓戀情開始的咒語吧。」

說這種話實在像個傻子。這種咒語根本不可能存在啊。

這麼想的燈里，一直只是從遠處眺望他人談戀愛的身影。

就在這時候——

「早安！妳的頭髮翹起來了喔。」

突然被班上的男同學這樣搭話，讓燈里嚇了一跳。

她忍不住用食指抵住嘴唇，笑著以「幫我保密喲」掩飾自己的難為情。

這就是她和蒼太第一次的對話。

讓戀情萌芽的契機，有時只是微不足道的小事——

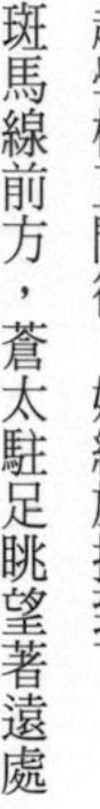

燈里奔跑著尋找蒼太的身影。

穿越學校正門後，她終於找到了。

在斑馬線前方，蒼太駐足眺望著遠處。

name 7
～名字7～

燈里感受著心跳開始加速，輕聲喚了一句：「望月同學……」

不過，這聲呼喚或許沒有傳達過去，沒發現她的蒼太準備再次邁開步伐。

「望月同學！」

希望蒼太停下腳步的她，再次提高音量呼喚他的名字。

終於聽到呼喚聲的蒼太停下腳步，猛地轉過身。

看到燈里朝自己跑過來，他吃驚地瞪大雙眼。

「燈里美眉……」

他不自覺地道出這樣的暱稱。

（啊啊，太好了……我終於……）

奔跑著跨越斑馬線後，氣喘吁吁的燈里以手掩著胸口。

接著，她緩緩吐氣，朝蒼太露出微笑。

「我找到你了。」

再見了…

sayonara...

dokoniimasuka...

name8 ～名字8～

todoite…

傳達出去吧…

sonotoki,
kiminokoe—

那時，妳的聲音——

name 8 ～名字8～

步出學校後，蒼太在原地駐足了片刻。

為了把禮物交給燈里，他今天一整天都在找她。

找不到遞交禮物的好時機，又鼓不起勇氣以手機聯絡，蒼太就這樣離開校舍。

他和她果然不登對——

燈里一直都是開在高嶺上的花朵。

他戀上了這樣的她，無法不迷戀這樣的她。

有一天，她或許會轉過頭來看看自己。

他一直懷抱著這樣的淡淡期待。

事情明明不可能發展得這麼順利。

所以，蒼太決定將這份情感深深埋進心底。

name 8
～名字8～

「再見了……」

他對著空無一人的教室留下這句話——

然而，回過神來的時候，他發現自己仍在尋找燈里的身影。

好想見她，好想聽聽她的聲音。

「真的是……死纏爛打耶……」

蒼太苦笑著這麼輕喃。

臉頰傳來的冰冷觸感，讓蒼太不禁抬頭仰望天空。無數雪片靜靜地落下。

「不知道聖誕節之前會不會下雪呢……」

在電車上並肩而坐時，燈里望著車窗外頭這麼輕喃。

現在，她是否也在某處眺望這場雪呢？

「好想……跟她一起賞雪啊……」

蒼太的自言自語，和雪片一同飄散在空氣中。

無法實現的願望。

無法傳達的心意。

他談了一場無法高攀的戀愛。

雖然不後悔，但要說有沒有留下遺憾的話。

他希望能再次向燈里表達自己的情感——

（也太我行我素了吧……）

蒼太吐出一口氣，同時踏出腳步。就在這時候——

「望月同學！」

從後方傳來的這個聲音，讓他隨即轉過頭。

「燈里美眉……」

無法相信燈里就在眼前，他不禁以這個暱稱開口呼喚。

「我找到你了。」

重重吐出一口氣之後，燈里抬頭仰望蒼太。

（啊啊，沒錯……我怎麼可能放棄這段感情呢……）

無論是看到燈里，或是呼喚她的名字，都只會讓他湧現一股強烈的念頭。

我不想讓這樣的關係結束──

蒼太緊緊抿唇，在做好覺悟後，從書包裡拿出被包裝成禮物的紙袋。

「望……望太同學……」

燈里也拿起手中的紙袋，輕聲呼喚蒼太的名字。

「「請收下這個！」」

緊閉著雙眼的蒼太，聽到兩人的嗓音重疊。

為接下來的一片沉默感到不解，蒼太「咦？」了一聲後緩緩抬起視線。

他發現燈里也捧著一個禮物遞向自己。

「咦咦咦！」

蒼太吃驚地吶喊出聲，然後交互望向燈里和她手中的禮物。

「這是……要送給我的？」

這麼詢問後，燈里「呵呵」笑出聲。

「我們想的事情一樣呢。」

她這麼回應——

（騙人的吧……真的嗎？燈里美眉送禮物給我？）

或許是因為緊張吧，燈里捧著禮物的手看起來似乎在顫抖。

（這種事情……竟然真的……）

交換過手中的禮物後，兩人維持了片刻的沉默，像是在試圖尋找話題那樣。

在籠罩了這一帶的靜謐之中，雪花不停紛落。

「我！我可以………打開嗎？」

蒼太下定決心這麼問之後，燈里猶豫了半晌，然後輕輕點頭。

他小心翼翼地打開盒子，發現裡頭放著一條圍巾和一張小卡。

name8
～名字8～

那是符合蒼太喜好的簡素格子圖樣的圍巾。

「……這是妳為我選的嗎？」

「我覺得這條圍巾應該很適合你……」

蒼太凝視著整整齊齊收在盒子裡的那條圍巾。

為了把這個禮物交給他，燈里追著他跑到這裡來。

原本以為這是一段無疾而終的戀情——

燈里就像電影中的女主角，連主動跟她搭話，都是不可能的任務。

她是只能在遠處眺望、苦澀單戀的對象——蒼太一直這麼想。

（現在，就在這裡……妳只為了我而存在。）

想到這裡，蒼太感動不已，眼角湧現一股溫熱。

「謝謝妳……」

他表達謝意的嗓音聽起來帶些水氣。

為了這種事而眼眶泛淚，實在讓人很難為情。但他真的忍不住——

「望月同學……你好詐喲！」

燈里突然以蒼太遞給她的禮物遮住臉這麼說。

「咦！為……為什麼？」

（我……說了什麼奇怪的話嗎？）

語畢，燈里將禮物往下移，露出臉蛋輕笑。

「這個……可以打開嗎？」

「啊……那是……我之前陪翠買東西，剛好看到櫥窗裡頭展示這個，我覺得……那個……應該很適合妳，所以！」

包裝紙外頭的蝴蝶結，在回答得語無倫次的蒼太面前鬆開。

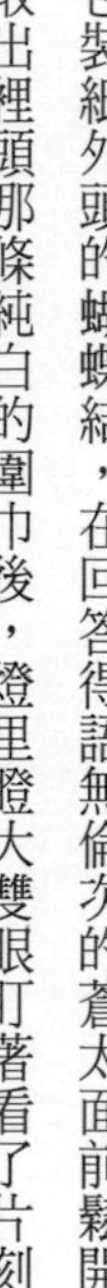

取出裡頭那條純白的圍巾後，燈里瞪大雙眼盯著看了片刻。

「因為我不清楚妳的喜好，如果妳不喜歡的話……對不起！」

蒼太奮力垂下頭致歉。

燈里沒有說話，默默卸下圍在脖子上的圍巾收進書包裡之後，再把蒼太送的純白圍巾圍上，並在脖子後方打個結。

「……怎麼樣？」

燈里以手按著圍巾這麼問。

蒼太只是痴痴盯著她看，甚至忘記要回答。

「望月同學？」

聽到燈里呼喚自己的名字，蒼太這才回神，連忙開口表示：

「我……我覺得非常……非常適合妳！」

「真開心……謝謝你。」

說著，燈里露出一個輕柔的笑容。

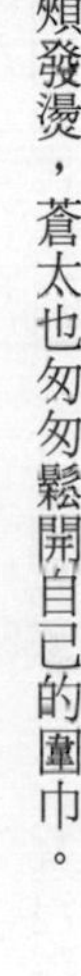

為了掩飾自己臉頰發燙，蒼太也匆匆鬆開自己的圍巾。

想把燈里送給他的圍巾圍上，但或許是因為緊張，遲遲沒辦法圍好。

（嗚嗚……有夠遜的…………！）

正當蒼太打算再重新圍一次的時候，燈里走到他身旁。

看到她踮起腳一張臉突然靠近，蒼太不禁停止呼吸。

心臟像是大吃一驚那樣劇烈抽動。

在蒼太一動也不動地聽著自己的心跳聲時，燈里替他圍好了圍巾。

蒼太無法將視線從溫柔微笑的她的臉上移開。

好想將她的一切攬進自己的懷裡——

「果然好棒啊……」

（我最喜歡妳了……）

看到燈里像是嚇了一跳那樣停下動作，蒼太這才發現自己又不小心洩漏出內心的想法了。

「嗚哇啊！我……我又來了！」

蒼太慌慌張張地遮住自己的嘴巴。

（我……我的嘴巴為什麼這麼老實啦！）

隱瞞或是打馬虎眼帶過之類的說話技巧，他完全做不到。

手足無措的蒼太試著替自己辯解。

「呃，不是，我是說……我是說圍巾！」

他以一隻手按著變得紅通通的臉頰，聲音也愈來愈小。

「因為圍巾……是格子圖案……」

（唉，我也太不擅長編藉口了吧……！）

蒼太戰戰兢兢地將視線移回燈里身上，發現她垂著頭。

兩手則是緊緊握住蒼太圍巾的一角。

「那……那個！」

在蒼太這麼開口時——

燈里緩緩放開手，朝後方退了一步的距離。

不知道是不是錯覺，她的臉頰似乎染上一抹嫣紅。

「對了，你接下來有空嗎？」

突然被這麼一問，蒼太以「咦？啊，嗯」的疑惑語氣點點頭。

「我……我有空……」

聽到蒼太這麼回答後，燈里迅速拾起他的手。

就這樣，蒼太任由雙眼散發出開心光彩的她拉著自己的手，開始往前奔跑。

name 8
～名字8～

name9 ～名字9～

不好意思，這邊的小蛋糕是最後一個了……

啊……好的。

那我們就買這個。

name 9 ~名字9~

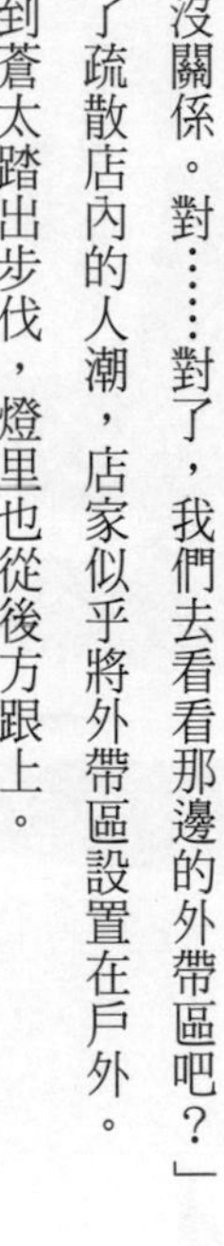

燈里拉著蒼太的手，前往她從以前就很想去的某間蛋糕店。

這間店相當受歡迎，排隊人龍延伸到店外。店內座位也坐得滿滿的，看來是無法內用了。

燈里鬆開掌心，蒼太的手跟著滑落。

「對不起……」她沮喪地輕聲開口。

（我原本……想跟他一起吃這裡的蛋糕……）

「沒關係。對……對了，我們去看看那邊的外帶區吧？」

為了疏散店內的人潮，店家似乎將外帶區設置在戶外。

看到蒼太踏出步伐，燈里也從後方跟上。

name9
～名字9～

「不好意思，這邊的小蛋糕是最後一個了……請問兩位需要叉子嗎？」

女店員以有些愧疚的表情，捧起上頭有兩顆草莓點綴的小蛋糕給兩人確認。

燈里和蒼太望向彼此，然後一起點點頭。

「啊，好的……那我們就買這個。」

蒼太有些靦腆地回答。

接過裝著蛋糕的紙盒後，兩人移動到附近的廣場。

在長椅上肩並肩坐下，他們一起眺望五顏六色的聖誕燈飾閃爍的光芒。

燈里將冰冷的指尖靠近嘴邊，「呼……」地呼出熱氣。

白茫茫的霧氣飄散開來。

或許是因為緊張吧，長椅上的兩人都沉默不語。

「望月同學……要不要拍張照片？」

燈里從長椅上起身，轉過來這麼詢問蒼太。

「啊，好的！」

這麼回應後，蒼太把原本擱在腿上的蛋糕盒放在長椅上，也跟著起身。

「呃……要在哪裡拍……」

在蒼太東張西望地尋找適合的拍照場景時，燈里拿起手機，將鏡頭對準他。

察覺到這一點的蒼太，慌慌張張地揮手表示：「不……不用拍我啦！」

「妳看……聖誕燈飾比較漂亮，拍燈飾吧！」

「不可以動喲。」

說著，燈里替企圖從鏡頭前逃跑的蒼太拍了一張。

她低頭察看拍攝的結果，發現照片中的蒼太害羞地別過臉。

燈里輕笑一聲，把這張照片保存下來。

接著，她抬起頭望向蒼太。

「要不要一起拍一張……？」

「啊，可……可是……！」

「不行嗎？」

看到燈里抬起雙眼這麼詢問，蒼太猛搖頭表示：「不會不行！」

他站到燈里身旁，將自己的手機稍微舉高。

稍微又靠近一點之後，彼此的手臂輕輕貼在一起。

燈里忍不住有些緊張。這樣的反應是否有傳達給蒼太呢？

只是拍張照片——明明就只是這樣而已。

光是待在彼此身旁，竟然就如此令人心跳加速。

為了掩飾竄上臉頰的熱度，燈里有些調皮地舉起雙手，做出十根手指彎曲的動物威嚇姿勢。

蒼太則是帶著靦腆的表情做出相同的動作。

拍了一張後，燈里和蒼太拉開一段距離，然後轉過身去。

她的臉頰現在一定紅通通的吧。

心跳聲在胸中清晰迴響著。

光是待在蒼太身邊，就讓她一直——

「早坂同……」

或許是把照片存好了吧，蒼太的呼喚聲傳來。

原本眺望著聖誕燈飾的燈里輕快轉身。

「叫我燈里就可以了喲！」

說著，她微笑望向蒼太。

希望他能這麼叫自己。就像那天一樣——

像是在猶豫般地沉默片刻，蒼太的嘴唇微微動了起來。

「燈……」

細微的嗓音跟著流瀉而出。

蒼太以手掩嘴，然後緩緩抬起視線。

他以仍有幾分躊躇的眼神望向燈里。

「燈里……」

name9
～名字9～

像是輕喃聲的這個呼喚，讓燈里不自覺地展露笑容。

光是這樣，她的內心世界就開始閃閃發光——

「什麼事？」

忍不住有點想捉弄蒼太的她，刻意逼近他的臉這麼問道。

因為，我希望你能一直這樣呼喚我——

瞬間語塞的蒼太，迅速拉起圍巾遮住自己漲紅的臉。

「嗚哇啊啊！好難為情喔！」

看到手足無措的蒼太這麼吶喊，燈里搖晃雙肩笑了起來。

蒼太見狀，把圍巾拉低一些，也像是為了掩飾害羞而笑出聲。

這時，廣場的機關鐘傳來一陣鐘聲。

兩人望向時鐘，發現指針已經來到七點的位置。

「時間……有點晚了呢。」

聽到蒼太這麼說，燈里以「嗯……」附和。

「……蒼太同學。」

原本眺望著紛落雪片的蒼太吃驚地轉過頭。

她一直很想這樣叫他。不是「望月同學」，而是「蒼太同學」——

（蒼太同學，我……）

燈里伸出的手輕輕觸及蒼太的手。

感到緊張的人，一定不只有她吧。

蒼太正要張開的雙唇，此刻緊緊闔上。

有些不自在地相繫的兩隻手，將彼此的熱度傳達給對方。

彷彿連指尖都和胸口的心跳聲一起怦通怦通脈動起來。

燈里悄悄將自己的手指和他的交握。

（我呀……對你……）

name 9
～名字9～

回到家時，已經是將近晚上九點的時間。
關上玄關大門後，燈里仰頭吐出一口氣。
感覺一顆心變得輕飄飄的，好像仍置身夢中。
心跳聲也一直清晰地在耳邊鼓動。

她踩著階梯向上，回到自己的房間後，整個人趴倒在床上。
然後將仍帶著熱度的臉埋進枕頭裡。
接著，她起身掏出手機，打開相簿。
看著蒼太在照片中有幾分難為情的側臉，燈里不禁輕笑。

一起照相、一起分食一個蛋糕、一起眺望雪片紛飛的景色。

然後，第一次牽起彼此的手——

實在太開心了，即使時間變晚，也遲遲不想跟他分開。

好想再跟你多待一下子——她差點說出這般任性的要求。

回想起跟蒼太牽手時掌心感受到的溫度，燈里感覺自己的臉頰開始發燙，於是將手機「咚」一聲靠上額頭。

無論是搭電車的時候，還是走路回家的時候，她都一直呆呆地回想著剛才發生的事。

片刻後，手機收到新訊息的通知音響起。

蒼太傳送過來的，是兩個人的合照。

「謝謝你……」

燈里這麼輕喃，以貼圖回應。

其實，她有更多話想對蒼太說。

然而，現在的她，恐怕還無法把所有想說的話好好傳達出去吧。

（下次再見面的時候……）

屆時，要跟蒼太聊些什麼呢？

她一邊這樣想著、一邊期待下次見面，以手機輸入訊息。

『晚安，蒼太同學。』

將這行文字發送出去後，蒼太隨即也回傳訊息給她。

他一定是看到訊息後，就馬上動手回覆了吧。

光是想像蒼太這樣的身影，燈里的臉上就浮現笑容。

燈里從床上爬下來，來到書桌前坐下。

她從抽屜裡取出自己一直用來記錄日常點滴的日記本。

翻開內頁，她提筆寫下幾個工整的文字。

『十二月二十四日——我知曉何為戀愛的日子——』

＊＊＊

進入寒假後，燈里只有在除夕參拜那天和蒼太等人碰面過。

專心準備大考的時候，一月不知不覺地過去，轉眼間已是二月——

二月的第一個星期天，燈里到平常會去的美術材料行晃晃之後，獨自走向車站。

途中，她在一間採深咖啡色塗裝、外觀設計十分時髦的店外駐足。

拎著紙袋從店裡走出來的女孩子們，散發出一片歡樂祥和的氣氛。

這應該是最近新開幕的巧克力專賣店吧。

「對喔……馬上就是情人節了……」

至今，她從不曾有過送巧克力給男孩子的想法。

就算要送巧克力，她的對象也都是夏樹或美櫻等友人，或是自己的家人。

但今年——

想起蒼太的瞬間，雙頰泛紅的燈里垂下頭。

name9
～名字9～

進入二月後，高三學生幾乎不會到學校去。

為此，她還得等上一陣子，才能跟蒼太見到面。

在大考結束前，彼此恐怕都無法輕易約出門見面吧。

「好想他喔……」

燈里不自覺將心聲傾洩出來。

聖誕夜那晚，光是把禮物送給蒼太、跟他共度一段時光，就讓燈里感覺胸口滿溢著高漲的情感，然後在這樣的狀態下返家。

除夕參拜那天是大家一起出門，所以他們倆並沒有好好說到什麼話。進入第三學期後，燈里也開始變得忙碌，無法和蒼太一起回家。

明明內心已經決定好回覆告白的答案了——

（現在……會不會太遲了呢……）

燈里在遠處眺望著魚貫踏入店裡的女孩們。

情人節是讓女孩子鼓起勇氣，對心儀的男孩子告白的日子。

進入三月後，緊接著就是畢業季了。
這或許是她表達心意的最後一個機會。

（可是，我該怎麼傳達自己的……）

我也——
光是想像這樣的話語，就有一股熱度竄上臉頰。

（再等等……等大考結束後……）
往前走了幾步後，燈里又像是念頭一轉那樣停下腳步。
她朝握著書包提把的手使力。
「果然……還是得好好傳達出去才行。」
這麼出聲下定決心後，她轉身朝那間店走去。

不要緊。情人節那天，戀愛之神一定會在背後輕輕推她一把。
讓她能夠鼓起勇氣——

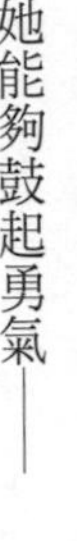

name9
～名字9～

『二月十四日那天，要不要見個面呢？』

前一天，燈里傳送了這樣的訊息給蒼太。

下午一點，在學校的美術教室見——

和蒼太這麼約定後，燈里比說好的時間提早一些前往學校。

高一和高二的學生，想必已經開始下午的課程了吧。

她來到美術教室，獨自在裡頭等待蒼太。

『抱歉，早坂同學！我可能會晚點到。』

踏進美術教室沒多久後，燈里收到了這樣的訊息。

蒼太似乎是被明智老師抓去幫忙了。

『沒關係，我會等你——』

這麼回應後，燈里在作業台前坐下。

沉悶的雨聲在靜謐的美術教室裡迴盪。

拿出素描本和筆之後，燈里望向書包裡那間巧克力店的紙袋。

（我很緊張呢……）

她將手撫上胸口，感受著心臟猛烈跳動。

儘管試著深呼吸讓自己冷靜，但心跳聲卻劇烈依舊。

「……那時，蒼太同學的心情也是這樣嗎？」

這麼輕喃後，她回想起蒼太對自己告白的那天。

「我的意思是，我喜歡妳！」

「我說我喜歡妳！」

「我絕對不會讓妳悲傷難過，每天都會讓妳展露笑容！」

「我還希望妳能每天替我做便當！」

「每天做便當很麻煩，我不要。」

將那天回覆蒼太的台詞複述一次後，燈里微微瞇起雙眼。

（可是……等到天氣變暖之後，我想親手做便當，跟他一起出門走走呢。）

如果……如果能跟他交往——

她想跟他手牽手走在街上。

想跟他互傳訊息、打電話。

因為兩人報考了不同的大學，所以恐怕無法每天見面。就算這樣，她希望至少可以悠哉地共度假日時光。

一起去看電影或逛街，去水族館和遊樂園也不錯。

這種令人有些害臊的夢想，蒼太會靜靜傾聽並不取笑她嗎？

一年前，燈里完全沒料到自己會喜歡上某個人。

雖然看過蒼太這個人，但她並沒有主動跟他說過話，蒼太也不曾主動向她搭話。

他是從什麼時候開始喜歡她的呢？

為什麼會喜歡上她呢？

總有一天，她想問問他這些問題——

（蒼太同學，你的戀情是從什麼時候開始的呢？）

燈里翻開素描本，拾起鉛筆開始作畫。

同時在腦中回想向自己告白那天的蒼太。

（我的戀情……一定是從那天就……）

「我就不行嗎？」

name9
～名字9～

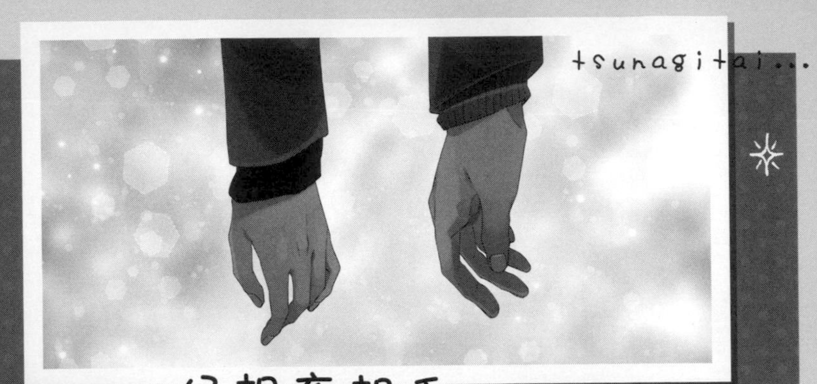

好想牽起手…

觸及你的溫度——

name10 ～名字10～

kotaeha——

答覆是——

name 10 ~名字10~

『二月十四日那天，要不要見個面呢？』

昨天，蒼太收到了燈里傳來的這則訊息。

『要！不管見幾次面都可以！』

他緊張地這麼回覆。

二月十四日——

他無法不去在意這天是情人節。

所以，為了準時赴約，蒼太鼓起幹勁提早出門，沒想到卻是個失策。

在走廊上和明智老師巧遇後，後者拋出一句「你來得正好」，就強硬地把要刊登在校內報紙上的短篇小說撰寫工作丟給他。

「唉唉，真是的……偏偏在這種時候！」

name10
～名字10～

速速完成這篇小說，將原稿交給明智老師後，蒼太走出教職員辦公室，看了看手錶後焦躁地開口。

已經是下午兩點過後了。寫文花的時間比他想像得還要長。

焦急的他忍不住小跑步起來。

至今，他從不曾期待在情人節收到別人送的巧克力。

但今天——

蒼太將手撫上開始泛紅的臉頰。

如果是自己會錯意，就太難為情了。

不過，就算只是會錯意，他還是能跟燈里見面。光是這樣，就讓蒼太無比開心。

這時，突然聽到手機響起，他暫時停下腳步。

是罕見的來電通知鈴聲。

（是燈里美眉嗎？）

蒼太一瞬間浮現這樣的猜測。不過，燈里鮮少直接打電話給他。

掏出手機確認後，出現在螢幕上的，是一行陌生的電話號碼。

「咦……是誰啊？」

猶豫半晌後，他對著響個不停的手機按下通話鍵。

「喂……？」

『請問這是望月蒼太同學的手機嗎？』

「是的……我就是望月蒼太。」

『您好，我是——出版社的——，感謝您先前投稿參加本公司的學生小說比賽。』

「咦？啊，是……是的…………」

『經過審查後，我們決定頒發讀者獎和優秀獎給您……』

杵在走廊正中央的蒼太，聽著從手機另一頭傳來的聲音，同時緩緩瞪大雙眼。

他幾乎不記得自己回應了對方什麼。

結束通話後，他握著手機的那隻手微微顫抖著。

『通知您得獎——』

name10
～名字10～

只剩這句話不斷在腦中迴響。

蒼太對於得獎並沒有期待。

希望自己能更有自信，能變成配得上燈里的存在——他只是基於這樣的理由，才會決定參加這次的小說比賽。

感覺一股熱潮直衝腦門的他，緊緊握住手中的手機。

「我成功了……成功了！」

忍不住吶喊出來的聲音，在走廊上傳開來。

蒼太在這樣的餘韻消失前抬起頭，朝著位於走廊前方的美術教室衝過去。

有個人，讓他想第一個宣布這個消息——

心跳聲不斷敲打著耳畔。

蒼太猛地打開美術教室的大門時，裡頭的燈里似乎正打算走出來。
看到蒼太突然衝進來，她似乎吃了一驚。
「啊……蒼太……」
蒼太喀啦一聲關上門，重重吐出一口氣。

（燈里美眉……）

他緩緩伸出手，將燈里攬進懷裡。
之後，他整個人靠上後方的大門，像是全身的力氣被抽乾那樣癱坐下來。
蒼太能感受到，跟他一起癱坐在地的燈里，現在在自己的懷中屏息的反應。
他以潤濕的雙眼，對這樣的她擠出最燦爛的笑容。

（燈里美眉，我成功了呢……）

name10
～名字10～

二月即將結束的時候，春輝不由分說地下了「我要為放映會做準備，快來幫我！」這樣的召集令。那是優剛考完大考沒多久的事情。

電影社的放映會，最後決定在畢業典禮的前一天舉辦。為此，他們必須製作宣傳用的手冊和海報，要做的事可說是如山積。

「沒想到在畢業之前的短暫時光，還得處理這種文書作業啊……」

坐在電腦前方的優嘆著氣這麼表示。

「沒辦法啊，校長認真起來了嘛。真是的……都是因為咲哥多嘴啦！」

同時得為留學做準備的春輝，看似有些煩躁地搔著頭這麼回答。

呆滯地聽著這兩人的對話時，有個東西「咚」地打在蒼太頭上。

看到那個東西落在鍵盤上，他「嗯？」了一聲撿起。

「……這是什麼？」

打開一看，那只是一團已經用不到的便條紙。

「喂，望太，你要當機到什麼時候啦？快點重新開機！」

蒼太轉頭，發現春輝正惡狠狠地瞪著他。

「啊，哇，抱……抱歉！我馬上做！」

說著，蒼太拉開椅子在電腦前坐下，卻發現自己似乎不小心誤刪了打好的文章。

在他想著「搞砸了啊」而嘆氣時，坐在後方的優以一聲「噯，望太」向他搭話。

「你跟早坂之間發生什麼事了嗎……？」

聽到這句話的蒼太心一驚，動作也在瞬間停擺。

「咦，什麼？他們有發生什麼事嗎？」

原本在替電影做最終確認的春輝，也取下頭罩式耳機加入對話。

想起情人節那天發生的事，蒼太的臉一口氣漲紅。

看到他這樣的反應，春輝露出不懷好意的笑容。

「哦～……所以，你幹了什麼好事啊，望太～？」

他把椅子轉了一圈，進入逼供的模式。

蒼太「啊！」一地大喊一聲，猛地從椅子上起身。

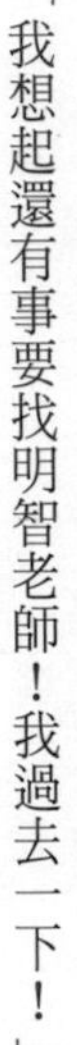

「我想起還有事要找明智老師！我過去一下！」

name10
～名字10～

「咦！咲哥今天去出差，不在學校裡啊！喂，望太，別想逃！」

蒼太聽著從後方傳來的春輝的吶喊聲，拔腿衝出社團教室。

離開教室好一段距離後，蒼太吐出一口氣。

他發現自己的嘴角不自覺上揚，連忙以手背抵著嘴巴掩飾。

從情人節那天以來，他就一直是這副德行。

整個人亢奮到連自己都傻眼的程度。

現在，他好像也能理解燈里為什麼會說戀愛的顏色是「金色」了。

光是想著喜歡的人，就能讓內心世界閃閃發光。

而讓他明白這種心情的人——

（是妳啊，燈里美眉……）

epilogue ～終曲～

大考終於結束的二月下旬。

燈里和美櫻、夏樹一起前往蛋糕店。

自聖誕夜之後，燈里便再也沒來過這間蛋糕店了。那天因為客滿而沒能入內用餐，但今天沒有等候多久就順利入座了。

「燈里、美櫻，辛苦了！接下來就是靜待結果了嗎～好緊張喔。」

「瀨戶口同學考得怎麼樣呢？」

美櫻捧著紅茶的杯子詢問夏樹。

「關於這個，每次我問優，他都只會敷衍我，不願意好好回答！他會『好啦好啦……』地故意耍帥。我覺得他應該沒問題啦……啊啊，但還是好擔心！」

「就是呀。感覺好像想快點知道結果，又好像不想知道……」

「美櫻跟燈里不會有問題的。絕對沒問題！我保證！」

epilogue
～終曲～

夏樹捶胸，自信滿滿地這麼宣言。

燈里一邊聽著另兩人的對話，一邊夾起糖罐裡頭的方糖。

然後再把方糖丟進盛著咖啡的杯子裡。

「那……那個啊……燈里。我從剛才就有點在意……妳打算加幾顆糖？」

聽到夏樹這麼問，燈里「咦？」一聲抬起頭來。

坐在對面的夏樹和燈里，都以一臉傻眼的表情望著她。

燈里望向自己的杯子，發現堆成一座小山的方糖慢慢沉入咖啡之中。

（咦……我加了幾顆糖呀？）

平常吃蛋糕的時候，她明明都不會在咖啡裡加糖。

燈里試著啜飲一口自己的咖啡，滋味甜得嚇人——

「燈里……妳到底怎麼了啊？總覺得……妳今天怪怪的耶。」

「啊，對了，也得加牛奶才行。」

想起這一點之後，燈里將手伸向放在餐桌正中央的牛奶罐。

然後把裡頭的牛奶嘩啦啦地倒進杯子裡。

夏樹跟美櫻先是面面相覷，接著探出上半身問道：

「難道……該不會是跟望太發生什麼事了？」

正要捧起咖啡杯的燈里，一瞬間止住了動作。

想起情人節那天發生的事，她的臉頰瞬間染上一抹嫣紅。

那天，衝進美術教室裡頭的蒼太，突然一把將她擁進懷中——

燈里瞪大雙眼，在他的懷裡屏住呼吸。

蒼太的心跳聲，以及自己的心跳聲，都劇烈無比。

兩人像是全身虛脫般在原地癱坐下來，然後維持了這樣的姿勢片刻。

「到底發生什麼事了？不對，應該問望太做了什麼～？」

「小夏，妳冷靜一點！」

夏樹抱頭吶喊，美櫻則是在一旁手忙腳亂地安撫她。

燈里聽著這兩人的聲音，開心品嚐熔岩巧克力蛋糕。

然後露出像巧克力內餡那樣化開來的笑容。

（好好吃喔。真想再來呢。下次……就跟蒼太同學一起來吧。）

這樣的日子，讓燈里引頸期盼得不得了——

美術大學放榜當天，燈里獨自佇立在大學的正門旁。

明亮的陽光，從覆蓋天空的雲層縫隙間滲透出來。

已經是春天的陽光了呢——她這麼想著，為炫目的光芒瞇起雙眼。

「抱歉，我來晚了！」

看到趕來的蒼太上氣不接下氣地這麼說，燈里不禁浮現笑容。

來到燈里身邊後，蒼太一臉緊張地望向她。

「結果……怎麼……樣？」

燈里將一只寫著「入學簡介」的厚重信封舉高到自己面前。

看到信封的瞬間，蒼太以手按著雙腿，重重吐出一口氣。

在趕來這裡的路上，他想必一直很擔心吧。

「太好了……」

以放心的語氣這麼開口後，蒼太抬起頭直直望向燈里。

用真心為她高興的表情說——

「恭喜妳。」

被他這樣祝福的瞬間，燈里感到一股暖流竄上胸口，將信封揣在懷裡。

她朝前方走出一步，「咚」一聲輕輕將頭靠在蒼太的肩膀上。

「咦！那……那個……燈……燈——？」

聽著蒼太手足無措的嗓音，燈里的嘴角跟著上揚。

「謝謝你……蒼太同學。」

「抱歉……現在……那個……不行啦！」

看到蒼太試圖以手遮掩自己發紅的臉頰，燈里忍不住「呵呵」笑出聲。

放下雙手後，蒼太的表情看起來相當害臊。

但隨即又變成一臉落寞。

「之後……我們就沒辦法太常見面了呢……」

「咦……？」

「呃，因為……我們已經畢業了……念的大學也不一樣……」

「想見面的話，隨時都見得到面不是嗎？」

看到燈里不解地這麼回答，蒼太的眼中一瞬間浮現躊躇的神色。

在這樣的躊躇消失後，他以認真的表情直視燈里。

「……妳會……想跟我見面嗎？」

面對蒼太的提問，燈里將溫熱而濕潤的雙眼微微往下。

「嗯……」

epilogue
～終曲～

蒼太以有些猶豫的動作，用自己的掌心包覆住燈里伸過來的手。

他傳過來的熱度，讓雙頰泛紅的燈里露出微笑。

「噯，蒼太同學。」

「……什麼事？」

「我呀……」

燈里輕輕踮起腳，在蒼太的耳畔這麼輕喃。

「……就是想跟你在一起。」

兩人的「戀情」，最終的答案是——

The end

HoneyWorks成員留言板！

感謝將《呼喚妳名字的那一天》
小說化!!
我喜歡有點小惡魔感的燈里美眉。

shito

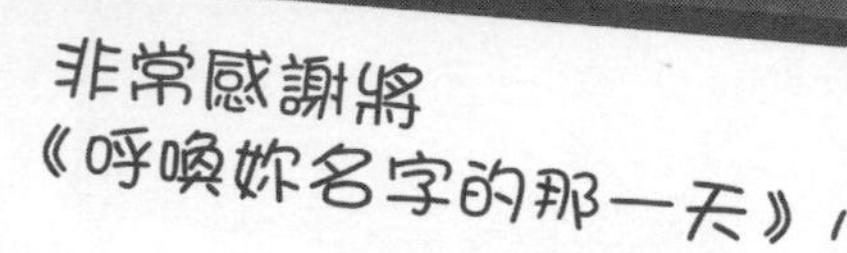

在《嫉妒的答覆》小說化之後，約莫過了四年半……在系列作中關係最(?)令人著急的這兩人，成長和戀情進展都讓人心跳加速。畫PV時我盡可能把表情描繪得成熟一些。最喜歡總是展露出各種不同表情的這兩人了!!

ろこる

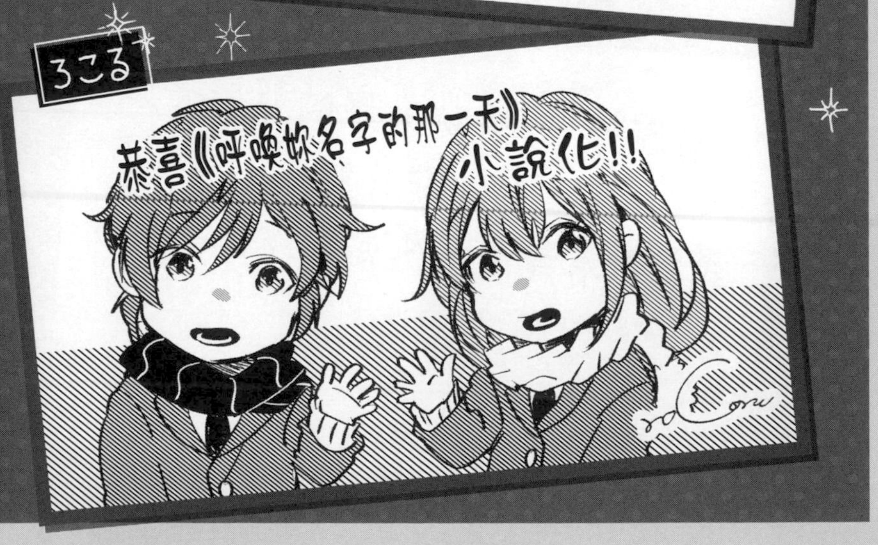

恭喜《呼喚妳名字的那一天》小說化!!

モゲラッタ

支援成員！

Oji

感謝各位購買本書！
請盡情閱讀吧！
我也超喜歡「我呼喚妳名～」跟
「我知曉(可為～」這兩首歌喔。
另外，在舞台上演奏這兩首曲子
也很開心。歡迎來玩喔！

oji

對別人的戀愛很樂觀
對自己的戀愛很樂觀

ziro

ziro

AtsuyuK!

我也好想談一場這種
怦然心動的戀愛～!!
好想結婚喔。
認真的。

AtsuyuK!
Drums

我初戀的對象
名字叫做燈里。
我失戀了

中西

中西

在演唱會上演奏「我呼喚～」跟
「我知曉～」，光是前奏就讓人心跳加速。
大家有過著心跳加速的每一天嗎？
我最喜歡帥氣又可愛的望太了!!

cake

cake

Who's next?
MILK

國家圖書館出版品預行編目資料

告白預演系列. 9, 呼喚妳名字的那一天/
HoneyWorks原案；香坂茉里作；咖比獸譯. -- 初
版. -- 臺北市：臺灣角川股份有限公司, 2021.01
面；　公分. -- (Kadokawa fantastic novels)
譯自：告白予行練習. 9, 僕が名前を呼ぶ日
ISBN 978-986-524-173-5(平裝)

861.57　　109018306

Kadokawa Fantastic Novels

告白預演系列 9

呼喚妳名字的那一天

（原著名：告白予行練習 僕が名前を呼ぶ日）

2021年1月13日　初版第1刷發行

原　　案：HoneyWorks
作　　者：香坂茉里
插　　畫：ヤマコ
譯　　者：咖比獸

發 行 人：岩崎剛人
總 編 輯：蔡佩芬
編　　輯：黃怡珮
美術設計：宋芳茹
印　　務：李明修（主任）、張加恩（主任）、張凱棋

發 行 所：台灣角川股份有限公司
地　　址：105台北市光復北路11巷44號5樓
電　　話：（02）2747-2433
傳　　真：（02）2747-2558
網　　址：http://www.kadokawa.com.tw
劃撥帳戶：台灣角川股份有限公司
劃撥帳號：19487412
法律顧問：有澤法律事務所
製　　版：尚騰印刷事業有限公司
ＩＳＢＮ：978-986-524-173-5